短くも二人で結びきた道

「オレ」がくれたもの

庄司きみえ

青娥書房

二〇一三年十月、「オレ」すなわち私の夫である良二は膵臓がんと診断された。

二〇一八年三月九日、四年五カ月の闘病生活の後、「オレ」は天に翔け抜けていった。

「オレ」が生きていて、「オレ」が確かにここにいたのだということを残したくて、記すことにした。

「オレ」からもらった、たくさんの幸せと勇気に感謝して。

「オレ」からもらった、また歩き出す力に感謝して。

庄司きみえ

いとしい者の上に風が吹き
私の上にも風が吹いた。
中原中也
「山上のひととき」より

もくじ

本文・カバーイラスト／高笠邦子

プロローグ　がん告知

二〇一三年十月、突然、「オレ」は病人になった。

告知はオレ、私、次男の三人で聞いた。

病院の一室。扉には「相談室」と多分プレートがかかっていたと思う。ほんの三帖くらいの狭い部屋だ。机と椅子が三脚。机の上にはパソコンが一台。そしてその横には、画像を映し出す大きめのモニターがある。色は全体的に白とグレーのイメージだ。これから始まる話にぴったりの色だった。

オレ、次男、私がその椅子に座った。主治医が目の前にいる。まだ手術前のオレはいつもと同じに元気だ。ただ一つだけ、オレだけがパジャマ姿であることが、控え目ではあるが病にあることを浮き立たせている。

「検査の結果です。膵臓がんです。ステージⅣAです」いきなりの説明が始まった。

心構えも何もない。何の抑揚もなく事実を告げられた。

「息子さんは、幾つですか」

オレが答える。

「社会人です」

「じゃあ、もういいですね」

何がいいんだろうと、ぼんやり考えていた。

「この画像を見るとわかるように、膵臓の後ろの部分はほとんど映っていません。細くしぼんでいます。機能していませんね。後ろの部分を切除します。おそらく、手術後は、インスリンは必要なく飲み薬でいけるでしょう」

画面を見る。言われたとおり、膵臓だと教えられた内臓の後ろ半分が萎んだようになっていて、最後は紐のように細くなっている。誰が見ても正常に機能していないのがわかる。

ただ黙っている三人。

「このステージだと、五年生存率は十パーセント以下ですね」

やっぱり無言のままの三人。

どのくらいの時間がたっただろう。多分数十秒だったのだろうが、まるで数時間の沈黙が流れたかのように感じた。

やっと、やっと、言葉が見つかった。このまま主治医の言葉にうなずくわけにはいかない、希望の見つかる言葉を探し当てなければならない。吐き出す息に重ねて聞いてみる。

「でも、十パーセントあるんですよね。ゼロではないんですから」

目の前が霞んでいく。でもここで涙を流したら、それが事実だと認めてしまうことになる。止まれ、止まれと無理矢理命令する。

「それは、そうです、ゼロではありませんから」

告知はあっけなく終わった。

こうして、オレはいきなり重篤な病人になってしまった。さっきまで普通に笑っていたのに、さっきまでと同じオレなのに、もう直視ができない。オレがどこかに行ってしまうのかもしれないと、一番思いたくない言葉のかたまりが自分の周りをぐるぐると回っているみたいだった。

その後のことはあまり記憶にない。多分もう夜になっていて、私と次男は、オレにまた来るねとか言って別れたんだろう。そして、病院の駐車場に私と次男は二人で向かったんだろうと思う。

膵臓がんの告知を受けたその日、次男は私たちの自宅に泊まってくれた。次男と言っても、私と彼との間に血縁関係はない。私とオレは再婚同士だった。しかもまだ結婚して一年くらいしか経っていなかった。それでも当然のように、迷うことなく私たちの自宅へと一緒に向かってくれる姿に、一瞬、本当に私の息子であるかのような錯覚を覚えた。でも、次男と私との間には、その当時、何ひとつのつながりもなかった。会ったことさえ一回、二回あったかなかったか。交わした言葉だって、そんなにはなかったはずだ。それなのに、この日から唐突に「突然の告知」を共有することになった。

病院から自宅までの数十分、車の中で何か会話したのかもしれない。今、何度思い返しても、そのときの会話は思い出せない。もしかしたら一言も話なんかできなかったのかもしれない。いや、やっぱり私がしっかりしないとなんて思って、意味のない話題を見つけて話したりしていたかもしれない。ただそのときの記憶はない。

自宅に着いた。いつもの見なれた自宅だ。リビングの照明をつける。オレが座っていた椅子がある。椅子には無雑作に上着がかけられたままになっている。机の上には毎日使っていたパソコンがある。日常があった。そしてオレはいない。

この日から何の覚悟もないままに、いきなり病気との闘いの日が始まった。

私と次男は、リビングの椅子に座って向かいあうことになる。何から話したらいいのか思いつかない。気持ちを落ち着かせるためのお茶を出すことさえ忘れていたと思う。次男だって、親密感とは程遠いところにいる私と、こうして向かいあうことになったことにとまどっていたに違いない。もう成人になっているとはいっても、まだまだ子供の部分を併せ持つ年齢だ。父親の病気を受けとめ、そして私と過ごす時間は、きっと彼なりに大変な重圧だったと思う。でも、こうして一緒に家まで来てくれた。感謝しかない。

私とオレは五十歳を過ぎてからの再婚同士だった。お互い二人の息子がいる。結婚の儀式もなくお披露目もなく、ただ二人で老後を笑って過ごそうと、その同じ思いだけで一緒になったのだった。だから、お互いの息子についてはいろいろ話してはいたが、私が次男に実際に会うのも、この日が確か二度目だったと思う。

目の前に座る次男に、病気の前触れがあった頃の話をしたと思う。

ここの家に引っ越してきたのは二〇一二年十二月、これから厳しい冬が始まる時期だ。ささやかながらも、二人で老後をゆっくり、しかも楽しんで過ごそうと、あちこちの家を見てまわり手に入れた中古の家だった。オレは本当に張り切っていた。自分でできることは何でもやりたい、そして、自分の思うように少しずつ家を創っていきたい、大工仕事が始められる春がやってくるのを楽しみにしていた。時間があれば、実際に図面を引いて材料や進め方について計画を練り、その方面には全然通じていない私に、これがこうだからここをこうしていくんだ、うまくいくかなと熱心に話していた。本当に楽しそうだった。そして雪がやっと解け始めた頃、オレの活動が始まった。

私たちの家は築二十数年になる中古住宅だった。一階の和室の掃き出しのところには、デッキが造りつけられていたが、もうそのデッキも雨風で随分朽ちて、色も褪せていた。オレの計画は、今あるその古いデッキを取り外して、その材木を研いてペンキを塗り直し、それを使って新たに別の場所にデッキをつくること、そして元々あった和室の前のデッキの場所に、全く新しいデッキを屋根付きで造るという、とんでもなく本気の計画だった。

私は正直、そんなプロのような作業が果たしてできるのか、ちょっと信じていないところもあったのだ。オレには言わなかったけれども、できるところまで楽しんでやるのなら、それはそれでいいだろうくらいに思っていた。

四月になると、週末にはホームセンターに毎週のように出かけていった。

まず材料の調達だ。オレは自分で設計した図面を片手に、まるで職人さんのようにテキパキとホームセンターの中を歩いていた。私はただその後ろをついて、初めて見る部材や器具をながめていた。私がいることを忘れているかのように、オレは夢中で図面と睨みあいながら買い物リストにチェックを入れていく。何の役目もない私は、ただそうしてオレが楽しそうに店内を歩き回る様子を見ているだけでも嬉しかった。

厳選された大きな材料や木材を運ぶためには、ホームセンターの軽トラックを借りなければ運べない。触ったこともない長い木の部材やブロックを軽トラの荷台に積み込む。見事に男気の本気さが漂う軽トラを眺めていると、私は生まれて初めての軽トラの運転をしてみたくなった。

「運転してみようかな」

「そうか、おまえが運転してみろよ」オレは笑って助手席に乗った。

工務店の職人さんのように荷物をたくさん積んで、窓を全開にして爽やかな風を受け、私は上機嫌だった。ずっと笑っていたような気がする。こんな楽しいドライブができるとは思いがけないおまけだった。

さあ、オレが大工職人に変身した。

まずは古いデッキの取り外しだ。こんな大工仕事に参加するのは、私にとっては初めてのことだ。オレは私が見たこともない専門的な道具を出してきて、慣れた手つきで色褪せたデッキを次々と外していく。オレは寡黙な職人になっている。そして時折、私のほうを見てニヤッと笑う。本当に楽しそうだ。ここの家に来て良かったと思った。

古い木材は庭に並べられた。ここから私の仕事が始まる。さび止めの入ったペンキをそれぞれの木材に塗っていく役目だ。木材にまたがり、私も一丁前の職人風のいでたちで慣れないハケを持ってペタペタと塗っていく。こんな感じかなと時々オレを見ると、「それでよし!」とでも言うようにVサインをしている。私は褒められた幼稚園児のように嬉しくなって、どんどん真面目に仕事を続ける。

古いデッキは、オレの綿密な作業と測量によって、新しく生まれ変わった。結婚式ではよく、ケーキ入刀を二人の初めての共同作業と言われるが、式も挙げていない私たちにとっては、これが二人で行った最初の共同作業だった。嬉しかった。

それからは、休日のお昼にはそこに並んで座ってビールとピザで乾杯した。とびきりの昼食だった。おいしかった。嬉しかった。

そして、オレの気持ちはもう次のデッキ造りへと飛んでいる。渾身の本格的デッキだ。オレの意気込みが手に取るように伝わってくる。

セメントが用意され、柱を立て、水平を測り、屋根の枠組みができていく。暑い日差しを浴びて作業するオレに、「少し休んだら?」「水分補給してね」と何度も声をかけても、「もうちょっと切りのいいところまで」「ここでやめるわけにはいかないよ」とまるで子供の言いわけのように、やめようとしないのだった。私は、脚立の下でペットボトルを持って、夢中になるオレの姿をただ眺めていた。

五月の連休から始まった第二の大工仕事も大詰めを迎え、夏には完成に近づいてきた。雨や雪にも耐えられるように傾斜をつけた屋根は、太陽の光をピカピカと照らしていた。オレの満足げな笑顔が汗に光っていた。

私の失礼な予想は見事に裏切られ、立派な屋根付きデッキが出来上がっていった。まさか私がオレの大工仕事をそんなふうに評価していたとは何も知らないままのオレは、今ごろどこかで苦笑いしているかもしれない。

こうしてオレの楽しそうな大工の話をしていると、まるで旅行にでも行って留守中のオレのエピソードを、次男と一緒に楽しんでいるような気持ちになった。私は笑いながら、そして泣きながら、夢中で話していた。

その頃からだった。オレが何だか腰が痛いと言うようになった。でも私もオレも、きっと久し振りの大工仕事を頑張り過ぎたせいだと笑っていた。湿布を貼ったり、マッサージしたり、まだまだ軽い気持ちでいたのだ。

腰痛はなかなか治らなかった。ベッドのマットレスが悪いのかもと、低反発のマットを購入した。これならいいかもとオレは言ったけれども、やっぱり治る様子はなかった。さすがに私は心配になって、整形外科に行ってみることを勧めた。いつもならなかなか言うことを聞かないオレも、「そうだな」と素直に答えた。

そうしてしばらくしたある日、オレは近くの内科を受診すると言った。このとき、一瞬ざらっとした不安を感じた。オレが内科を選んだこと、そしてオレは何かしら不穏を感じているのかもしれないという思い。

受診した数日後の朝、その内科医院から電話が入った。このときの受話器のいつもとは違った冷たさを今でも覚えている。私から受話器を受け取ったオレは、ただ「はい、はい」と答える。電話はすぐに終わった。そしてオレが言った。

「総合病院で精密検査を受けるんだ。血液検査の結果が悪いそうだ」

膵臓がんを疑い、血液検査をしてくださったこの内科の先生の判断には感謝しないといけない。「腫瘍マーカー」という言葉をこのとき初めて知った。そのくらい、私はがんというものに無知だった。

予約はすぐに取れて、オレは病院に向かうことになる。その速さに不安はさらに大きくなった。

その後は、私たちがついて行けないくらいのスピードで、オレはどんどん病人になっていったのだ。見た目は今までのオレと何ら変わりない。ただ、パジャマを着ている、それだけだ。そして、主治医の前に黙って座っている私たちがいる。それだけだった。

次男もその病状の深刻さはよく承知していたはずだ。きっと、心の中はとんでもなく暴れた風が吹いていただろう。でも彼は冷静だった、いや、言葉が見つからなかったのかもしれない。

次男の目の前で、私は、ただただその元気なオレの姿を語っていた。楽しかった日々を語っていた。自分が笑っているのか、泣いているのかよくわからなかった。

私たちがどんなに楽しい毎日を過ごしていたのか、そしてこれからも続くのだと信じていたことを話していたような気がする。そうしないと、この出来事が事実になってしまうような恐怖があった。十分事実であることはわかっていたはずなのに、こんなときでも何とか笑いをつくろうと、変な使命感を感じて、私たち二人の生活のエピソードを笑いを交えて話していたような気がする。そして、それに次男もつき合ってくれた。何時間、そうして話していただろう。こんなに涙でボロボロの自分を誰かに見せたのは、小学生くらいのときからなかったような気がする。涙はいつまで、どこまで流れるんだろう、もう無くなってもいいのにと思った。きっと次男も、自分とは殆ど何の繋がりもなかった私の、そんな姿をどう受けとめればいいのかと、途方に暮れたに違いない。自分の哀しみよりも、私の涙をまず見なければならなかった次男には、本当に申しわけない思いと感謝しかない。

次男が遠慮がちに労るかのように言った。

「風呂、入ってきたら」

そうだ、現実がある。そう思った。笑いかけるでもなく特別哀しい顔をするでもなく、ただ普通に話しかけてくれた。その言葉にまた涙が流れ落ちる。

オレはその日から患者になった。でも私はその当時、オレが病気であることを誰にも言いたくなかった。そのときの気持ちを説明できる言葉を見つけるのは難しい。ただ口に出してしまうと、病気が真実になってしまうような気がして、何とかして私の中だけの事実にしておきたかったのかもしれない。

そして、この日から私たちの闘いが始まった。

楽しかった時間

オレの何げないしぐさの中でも、特に私の好きな場面が三つある。

その一つは、まだ私が関東にオレは信州と、離れて暮らしていた頃、オレが東京まで出かけてきてくれたときのこと。

信州から東京までは特急列車でやってくる。駅に到着するのはいつも十時四〇分くらいだ。私はそのずっと前から駅のホームで待つ。幾ら早く私が駅に着いても列車は時間どおりしか、いや、大体遅れてしか到着しないのだ。

もう待ちすぎた頃、これ以上身だしなみを整えるのにもすることがないよと思う頃、ようやく列車はゆっくりと車輪のきしむ音さえさせずにホームにすべり込んでくる。

来た。

こんなに待っていたのに、本当に到着してしまうと、何だか待っている時間の大切さが半減したような不思議な感覚で、ちょっと残念な気持ちもしたりする。人というのは、どこまでもぜいたくだなと思う。

でも来たのだ。

何両目に乗っているのか聞くのを忘れた。いや、聞いたのかな。真っ先に車両の入り口に向かいたい一方で、どこかちょっとわからない場所でこっそり待っていたいような気もする。こんな年齢になっても、まだ少しふざけてみたい気分だ。

大きな荷物をさげた人たちが、どんどんと列車の出口、四角い人一人分の空間から、まるで「私が来たよ、私だよ」とでもいうかのようにはき出されてくる。そのひとりひとりの顔を眺めながら、次の人がオレだったらいいのに、いや、まだその後ろのほうでいいかななどと、矛盾した思いが交錯する。

オレがホームに一歩進み、降りた。

見つけた、いや、見つけられてしまった。

ホームの中央をゆったりと歩くオレ。

そうだ、昔からオレの歩き方だけは、なぜかゆったりしていた記憶がある。私たちは、高校の同級生だった。一年生の、まだ入学まもなく高校生活に少しの緊張感と期待とで、誰もみなぎこちない時間を過ごしていた頃、オレはやたらとリラックスしているふうに見えた。いつも笑っているイメージで、しかも、その笑いは機会あれば何とか笑いと話題を物にするかのような、狙いを定めた笑いだったような気がする。オレが聞くと怒るだろうか。そして、なぜかいつも私はその笑いの的になり、何かと教室内でも注目されるようになった。私は正直迷惑だったんだけれども。

一緒に暮らし始めて、オレはこんなことを言っていた。

「オレは、お前を表舞台に引っぱろうとしたんだぞ。それを嫌がって悩むような人には絶対しないんだ。お前は、一躍有名になっただろ。ハハハ〜〜」

何かとおもしろいことを見つけては、みんなを、ニヤッとさせていた。そんな、どちらかというと、目立った部類に入るオレなんだけれども、いつもその後ろ姿だけは、ゆったりと歩いている印象だった。

その印象のまま、オレは駅のホームを人ごみの中、ゆっくりと歩いてくる。少しだけ笑いながら、両手を広げて歩いてくる。握手をしようとするでもなく、駆け寄るでもなく、ただゆっくり両手を広げて歩いてくるのだ。

そんな、何でもない風景が好きだった。

きっとオレはそんなこととは全然知らずにいるのだ。ただの癖だったのかもしれない。

もし、私がこの思いを伝えていたら、オレは何と言っただろうか。

少し照れて、嬉しそうに笑っただろうか。それとも、またふざけて何か言葉を返してきただろうか。

もう、聞くことはできない。

二つ目は信州・白樺湖の駐車場だ。

東京にいた私が、今度は時々信州に行くようになった。朝一番の列車に乗る。朝一番の特急列車は、いつも登山客でいっぱいだった。大きなリュックにごっつい登山靴。自転車と一緒に乗り込んでくる人もいた。車内はさながら登山列車だ。その中に、不つり合いに、若干のおしゃれをした私がいる。

「君はそんな格好で山に登るつもりなのか。山をナメテいるのか！」とは言われなかったけれども、確かに弱っちい雰囲気だ。この次はリュックにしようかなとか思いながら、二時間余りを過ごす。

駅に到着してホームを歩いていると、駅構内の陸橋通路の窓からオレが手を振っているのが見える。あの悪ふざけの常習犯だったオレが、笑いながら無邪気に手を振っている。オレはあの頃からちっとも年をとっていないかのようだ。別の人？いや、確かにオレだ。髪の毛が若干寂しいから、やっぱりオレだ。

朝から、夕方まで、とにかく楽しい時間を過ごす。そしてそのために、毎回オレは予想外に綿密な遊び計画を立ててくれる。目的地がプリントアウトされ、たくさんの候補地が並んでいる。こんなにマメな人だったっけ？　一瞬、やっぱり別人かなという思いがする。いや、やっぱりオレだ。

今回は白樺湖だ。抜けるような青空、ちょっと冷たい空気、鮮やかな花の色。信州を代表するような日だった。家族連れで賑わう駐車場で、車から降りた私は、その眩しい日差しと平安な光景に、思わず走り抜けたい欲望にかられた。何の心配もなく、一分の陰りもなく、心の底から、心のまま、ただ楽しい時間だった。

車のドアにロックをかけるオレを置いて、私が走り出す。振り向いたオレは、慌てて絶対に負けるものかとでもいうように追いかけてくる。両手で強く私をつかまえる。その光景に、近くにいた家族連れが思わずこっちを見る。何も理由はない、ただただ笑っていたオレと私。

たったそれだけのことだ。これだって、オレの記憶にとどまっていることさえなかったかもしれない。

そしてこれも、もうオレに伝えることはできない。

白樺湖に行ったときの想い出の品が、一つだけ今も手元に残っている。カエルの顔がついた物干し竿用の洗濯バサミだ。

白樺湖はテレビコマーシャルでもよく流れているように、ファミリー向けの宿泊施設や遊戯施設が整っている。私たちも、その中のゲームコーナーのようなところで、あちこちのゲーム機に数百円を費やしては楽しんでいた。そのとき目についたのがＵＦＯキャッチャー。オレが張りきって挑戦した。

「あのカエルの洗濯バサミが欲しいな」

軽い気持ちで言った私の言葉に、オレはますます張りきった。

一〇〇円、二〇〇円、三〇〇円……。

失敗が続く。

「そんなに、絶対欲しいわけじゃないから」

「いや、もう少しだ。任せろ」オレのやる気が爆発する。

四〇〇円、五〇〇円。

とんでもなく高価な洗濯バサミとなった。

そしてそのカエル君は、雨にも雪にも日差しにも負けず、今でも毎朝、しっかりとタオルをつなぎ留めてくれている。

そして三番目がオレの魅力あふれる姿だ。

二人で住む引っ越し先が決まって、荷物を運ぶ日のこと。当然、節約のために全部自分たちで作業をする。大型の荷物がほとんどないというのも理由の一つだけれども、何しろ全くの白紙から生活が始まるわけだから、学生の引っ越しよりも簡単かもしれない。

一応、新婚家庭への引っ越しだというのに、オレの荷物にはキラキラの要素は何一つない。ほとんどがグレー系の色合いの荷物だ。無機質のパソコンだとか大工道具のようなものとか、唯一の調理道具のフライパン、布団、衣類ぐらいだ。それでも、全部を見渡すと、結構な量がある。

さて、オレの車のエスティマの後部に全部乗るのか。

オレは後部座席を全て倒してスペースをつくる。そして、その広さを黙って確認すると、黙々と荷物を車に積み込む。この形のものはそこへ、そして別のものと組み合わせてすき間を埋めていく。少しでも余分なすき間があれば、またそれぞれの組み合わせを変えて、寸分の無駄も許さないかのように、ただ黙って荷物を整えていく。

まだ早春の寒い時期だ。車のそばには雪も残っている。オレの吐く白い息が、その正確で効率的な動作に重なるように、規則正しく空気と混ざり合う。その後ろ姿を黙って眺めていた。私の出番はどこにもない。

キャップをかぶり、作業着のようなジャンパーを着たオレは、まるでそこに私がいることも忘れているかのように、夢中で荷物と対峙している。この人はどんな状況でも私を守ってくれるのかもしれないと、根拠など何もないのに、そう思った。

そして、荷物は何一つ残すことなく全て整然と見事に積み込まれた。

こうして、最後には振り返って、満面の笑みを浮かべた。

私がその姿に将来を託そうと決心したことを、オレは感じただろうか。いや、ただ大成功の荷物の積み込みに満足していたのだろう。私の気持ちなど知らずに。

このことも、もうオレに伝えることはできない。

こんな何でもない出来事が、今になって鮮やかに見えてくる。オレと私の大切な、当たり前の風景の中にあった宝物だ。

私たちの新しい生活が始まった。

再婚同士である私たちにはどちらにも二人の息子たちがいるが、みんなもう社会人として独立している。おそらくそれぞれの息子たちにも複雑な思いがあっただろうと思うが、私たちの最後の決断を否定することもなく、こうして新しい生活を始めることを認めてくれた。そのことには本当に感謝している。

二人で年老いていくまで、一緒に協力して助けあってお互いを最期まで支えていこうと思っていた。とびきりの笑いを添えて。

二人での生活は、何の混じり気もなく単純に楽しかった。毎日がまるで高校の文化祭のようだった。とにかくよく笑った。お互いによく笑わせた。涙を流して笑ったことも何度もあった。遅ればせの青春みたいだった。

毎朝、オレが出勤するときには、マンションの七階の玄関先から見送った。エントランスから出てきたオレは、朝の喧噪とは程遠い感じでゆったりと歩いていく。その後ろ姿をじっと見ていると、オレは必ず一度だけふり返る。そして一度だけちょっと照れながら手を振る。そしてゆっくりと駐車場へと向かっていく。私は毎日、その後ろ姿を見ているのが好きだった。遠い昔、まだ高校生のころの印象のまま、オレはゆっくりと歩いていくのだ。いつもふざけてはクラスメイトを笑わせていたオレの雰囲気からは想像できない、ゆったりとした歩き方は唯一の高校時代のオレの印象だ。それをまたここで見るなんてと、ちょっとした驚きも伴った毎朝の恒例の一場面だった。

結婚するときに私がオレにお願いして約束したことが二つある。

一つは結婚指輪をはめてほしい、ということ。

結婚なんて紙一枚だけのことだとよく言われるけれども、指輪をはめることだって、それと同じように形だけの話なんだと思う。指輪をしたからといって絆が強くなるわけでもなく、お互いを裏切らないというわけでもない。ただ、私は男性の薬指に指輪が見えることが好きだった。単純にそれだけの理由だ。ぶっきらぼうなオレだからその指に不似合いの指輪が光っていることが、何だか嬉しかったのだ。

その約束どおり、オレの雰囲気とは相反して予想外に白くて細くて綺麗なその指に指輪をつけ続けてくれた。たった六年足らずの短い結婚生活ではあったが、その間、一度も外すこともなく、忠実にはめてくれた。オレにしてみれば、指輪なんて特に重い意味もなく、ただ私が喜ぶのなら別にいいよ〜〜くらいの感覚だったんだろうと思う。

ある日、その指輪が外れたと、入院中のオレからラインが送られてきた。緩和病棟に入院してひと月たらず経った頃だった。

左手の薬指から指輪が自然に外れ、コロコロと転がってしまったと。慌てて必死で探して何とか見つけた、だから、その指輪はまた外れると大変なので、カバンのチャックの金具にしっかりと留めてあるから、今度来たときに渡すと。そう、オレの指は知らない間に痩せ、もう指輪をつなぎ留めておくことはできなくなっていたのだ。それからその指輪がオレの薬指に戻ることはなかった。

そして、そのオレの指輪は今、私の右手の中指で控えめに光っている。

もう一つの約束は、必ず私よりも長生きをして、私を看取ってほしいというものだ。

「私よりも絶対長く生きて、私をちゃんと看取ってね。それが約束だよ」

そうしたら、満面の笑顔で自慢げに「任せろ」と言った。そして、ちょっとその強気を打ち消すかのように、つけ加えた。

「でも、オレだって一人になるのは寂しいんだぞ。お前が死んだら、それを看取って、その次の日にオレも死ぬ」

「そんなうまくいかないよ。諦めて私をちゃんと看取ってね」

「まあ、仕方ない、少し辛抱するか」とまたいつもの強気のオレに戻って笑った。

そして、そのとおりになるんだと疑わなかった。オレは大学時代、探検部なんだから、そんなに簡単に死ぬわけがないと勝手に思いこんでいた、根拠もなく。最大の約束破りだ。

そういえば、オレからの約束事は何もなかった。楽しく暮らそうな、ただそれだけだった。私はその約束をちゃんと守れたと、オレは思ってくれただろうか。今になって思う、オレに合格かどうか聞けばよかったと。

私たちの暮らしは今から思い返せば、本当にぎゅっと何もかもを凝縮したような年月だった。週末は毎週のように出かけ、信州のそこら中を回って歩いた。中でも、日帰り温泉には二人ともハマってしまった。「信州日帰り湯めぐり」なんていう本を購入し、週末の金曜日の夜は、二人して明日出かける温泉の下調べだ。私は、どこでもそれなりに楽しめるから、どこの温泉でも良かったのだけれども、オレはそれはそれは熱心に調べていた。ビール片手にパソコンの画面をながめて、ようやく決まったときには、いつも二人ともほろ酔いのいい気分だった。

そうして、ひとつひとつ本の中の温泉をクリアしていった。いつかこの本の中の温泉を全部巡ろうなと言っていた。そして、土曜日の夜は、その日に行った温泉に二人で点数をつけて、あれが良かった、あそこは改善だなとか言いながら、また二人でビールを飲んだ。本当に楽しい日々だった。オレがつけた点数の中でも、一番の高得点は、「大芝の湯」だった。百点満点中、八十二点だった。伊那方面の温泉はどこもお湯がとろっとしていて、肌がつるつるになった。私は「ながたの湯」が一番好きだった。私の友達が信州まで遊びに来たときには、決まってオレも一緒に、「ながたの湯」に出かけた。

昔、流行った「かぐや姫」の「神田川」じゃないけれども、オレはいつだって早風呂で、いつも私を待つことになる。ただ、あの曲のように、ガタガタ震えながら待つなんてことは当然なく、オレはいつも休憩用の大きな畳の部屋で、私がお風呂から上がってくるまでに、既にビールで一人乾杯を楽しんでいた。「この待っている間のビールが格別においしいんだ」と言いながら、ヒゲにビールの泡をつけていた姿を思い出す。そして、私が上がってくると、またもう一杯、ビールが運ばれてくるのだった。お湯につかった後の若干の気怠さと、喉元を通るビールの冷たさと、オレと私の笑い顔。私たちは、二人とも上機嫌のオッサン状態だった。「オレ、こんなに温泉好きだったか？」とか言いながら、オレは結構楽しそうだった。毎日、笑っていた。時にはおなかを抱えて。こんなに笑った毎日は、今までで初めてだった。

そして、山登りにも行った。二〇〇〇mにも満たない程度の山だったが、私たちにはかなりのハードな山登りだ。リュックを新調し、登山靴を揃え、おまけに山ガールの本まで購入して、「もうガールじゃないのにね」と笑った。週末は毎週とびっきりの日だった。

私たちは、見た目は年齢的にもベテラン登山者の雰囲気を醸し出しているのに、実際は三十分歩いては休憩し、一時間歩いてはおにぎりを早弁し、お互いのへたり具合を見ては笑い、そして屈強なおじいさんにあっけなく抜かされ、励まされた。それがまた楽しい登山だった。

やっとの思いで頂上に辿り着くと、三角点でいつも写真を撮った。へたり顔のオレの写真が何枚も残っている。加えて、ふざけてポーズする写真も。オレは元気だった。

下山したら、お決まりの温泉だ。汗を流し、ビールで乾杯して、また二人ともオッサンになる。

何も特別なことは要らない、ただ、こんな毎日が楽しかった。もう一度、まるで若い楽しい日々を取り戻したかのように思った。

ある時は、当時流行っていたカーヴィーダンスのＤＶＤを買ってきて、いきなり「今日からやるぞ」と言われた。いつも突然何かが始まった。毎日、夕食後、若干ほろ酔い気分のまま二人で体操した。当時、オレはどうもおなか周りがどんどん太ってきて、このままではだめだといきなり奮起したのだ。オレは、早速ＤＶＤをテレビにつなげて大画面に映し出し、さあ、今夜から頑張るぞと勝手に張りきっていた。もう五十代に突入の二人が体操している様子は、さながら老人会の体操クラブだ。この体操の、時々組み込まれているちょっと艶っぽい振りつけも、盆踊り状態だったかもしれない。お互いを横目で眺めながら、視線が合うと大笑いをした。ところが真面目にやると、これが結構汗をかく。四十代のくびれも夢ではないかのように思えた。シャツ一枚で横で頑張るオレの姿には、何度も笑わされたけれども、オレは予想以上に毎日頑張ったのだ。この体操に効果があったのか、なかったのか、オレのおなかにはあんまり変化もないように思われたが、いつの間にかそのＤＶＤは本棚の片隅に落ちついてしまっていた。オレ的には、十分効果を感じたのだろうか。数カ月間の楽しい体操教室だった。

オレの特技の一つには、デッキづくりで発揮された大工仕事がある。私がふと、ここに棚があればいいなと言えば、その翌週にはそこに立派な棚ができ上がっていた。インターホンの調子が悪いとなると、またその翌週にはホームセンターで買ってきた新しいインターホンを、夕食を食べる時間も惜しんで設置してくれた。洗濯干し場にも、いつの間にか竿を通すための輪っかが天井からつり下げ式ででき上がっていた。パソコンのセッティングはもちろん、家中の配線コードは整然と整えられた。玄関先には、暗さをキャッチして自動的に明かりがともる照明が装備された。できあがった様子を私に見せるときのオレは本当に楽しそうだった。そしてその笑顔を見る私も、心から楽しい日々だった。

オレとの暮らしは、たったの六年足らずで終わってしまったけれども、オレは「一緒に笑う」ということを手放しで与えてくれた。そして、夫婦は同じ方向を見て、疑うことなく信頼していいのだという最も簡単で明快な答えを私に教えてくれた。私も同じだけのものをオレに手渡すことができただろうか。オレは笑って「もらった」と答えてくれるだろうか。

闘い

二〇一三年十月十五日、手術日だ。

朝から病院に行ってオレの顔を見る。いつもと同じ穏やかな顔つきだ。今から大手術を受ける人には見えない。何か話さないといけないと思いながら、じっとオレの顔を見る。オレが笑う。その笑い顔を見ていると、きっと大丈夫なんだと思えてきた。

看護師さんが呼びに来た。始まる。病室の向かい側のベッドに座っていた男性が、「頑張ってください」と声をかけた。「はい」と答えるオレ。

エレベーターまで一緒に歩いていった。

「ご家族の方はここまでにしてください」

オレが笑って手を振った。私も応える。エレベーターのドアは静かに閉まった。

そして元気なオレの姿を見たのはこのときが最後になった。

長い長い一日が始まった。病棟に一人残された私が行けるところといえば、オレの病室のベッドの脇か、デイルームのようなところしかなかった。病室は四人部屋だ。それぞれカーテンで仕切られていて、お互いの顔は見たこともない。主治医や看護師と交わす僅かな会話とお見舞客との会話で、何となくその人の病名とその重篤具合、家族構成が窺い知れる程度だ。きっと、「膵臓」という言葉でオレの深刻度は、十分同室の彼らには伝わっていたのだろうと思う。

私が病室からデイルームへと移動した後を、頑張れのエールをくれた人がついてくるのがわかった。きっと表情もなくしていた私に、何か声をかけようとしてくれたのだと思う。励まそうとしてくれたのだと思う。でも私にはそれがなぜか恐かった。その男性から一番遠い席に座り、ひたすら何か用事があるかのように、スケジュール帳をめくっていた。その人が近づいてくる気配を感じる。私はもう耐えられない。

席を外した。そのときの私は、とにかく誰からも何からも、一番遠いところにいたかったのだ。心細くてどうしようもないのに、誰からも声をかけられたくなかった。オレのことを聞かれるのが、とてつもなく恐かった。ただそれだけだった。このときの方には本当に申しわけなく思う。

私は、家族控室という和室に入れてもらえるかどうか、看護師さんに聞いてみた。そして言われた。

「もしも、もっと重篤な方がおられるようなら、替わってもらうかもしれません」

私は思った。そうなんだ、オレよりまだもっと重症な人がいるかもしれないんだと、そんな不謹慎なことを思いながら、この言葉に救われるような気がした。そんな人が現れないことを願いながら、そんな人がいたら、オレは大丈夫のような、自分勝手な結論に安心したかったのかもしれない。

控室は静かだ。そして何もすることもない。ただ時計を見ているだけだ。

一時間が過ぎた。今ここで電話があったらどうしよう、開腹してみたら手術ができなかった可能性だってあるんだからと、ただただもっともっと時間が過ぎてほしいと思った。

二時間、三時間が過ぎた。きっと手術は無事に進行しているんだと思った。オレは「生きる」ことに向かって着実に進んでいるんだと思った。

季節は秋、ちょうどいい気候の頃だ。それなのにやたらと寒い私は部屋のエアコンのスイッチを入れ、備えつけの座布団を何枚も重ねて抱きかかえていた。誰か一緒にいてほしいのに、誰からも連絡が来ないことを願っていた。

少しずつ、少しずつ時間は確実に過ぎていく。この季節、五時になればもう薄暗い。窓の外を眺めて、改めてこれは本当のことなんだと納得する。主治医の説明によれば、もうそろそろ終わるはずだ。時計は五時を少し回っている。

控室を出て、今度は手術室の隣にある部屋で待ったほうがいいだろう。無事手術を終えているオレがいる隣の部屋に行こう、そう思って部屋を出てエレベーターに乗った。

そのとき電話が鳴った。手術をしている家族に渡される病院内専用の電話だ。

終わったんだ。電話の主は看護師さんだった。もうしばらくで終わると思うので、三階の手術室の控室で待ってくださいとのことだった。それ以上の話はなかった。

安心してその部屋に向かおうとしたら、直後に今度は、主治医から電話が入った。

「開腹してみたら、膵臓の病巣が十二指腸まで巻き込んでいて、部分摘出では対応できません。全摘出になりますが、よろしいですか」

「はい。お願いします」

それしか言えない。嫌だと言ったら、どうなるんだろう。手術前の希望がどんどん小さくなっていくようで怖かった。全摘、それはどういうことなんだろう。何が起こるんだろう。でもオレを助けてもらうためには、私はただイエスの返事をするしかなかった。

そして、その控室で、ただ時計を見ながら待った。六時、七時。

部屋のインターホンが鳴った。

隣の部屋に呼ばれた。そこには、手術着のままの主治医がいた。たった二帖ほどの小さな殺風景な部屋だ。

白い黒板のようなところに体の内部の様子を描きながら、主治医が手術内容を説明する。

「膵臓が十二指腸を巻き込んでいて、どうすることもできませんでした。全摘です。そしてその結果、その周辺の臓器も摘出、胃も三分の一程度摘出して、胃の下部と小腸をつないでいます。これで食べたものは大丈夫です。ほかの臓器に転移はありませんでした」

遠くで何かの講義を聴いているようだ。テキパキと描かれる図は、一体誰の話なんだろうと思った。そして、見せられた。摘出したオレの膵臓。

白かった。ただそれしか記憶にはない。もっとちゃんと見ておけばよかったと、あとから思ったけれども、何度、どれだけの時間見続けても、きっと「白い」としか残らなかっただろうと思う。

長い一日が終わった。オレは生きている。でも、手術を終えたそのときのオレの姿を見た私には、元気になるために手術したはずなのに、まるでそれは、生きることを阻止したかのような錯覚があった。今朝のオレはもういない。

意識がもうろうとしているオレの横で、私はただ座っていた。話しかけることさえできなかった。オレの顔をただ見つめていた。

そのときだった。

オレの目から一筋の涙が流れた。流れた涙はまっすぐ枕まで届き、そこでわずかな染みとなった。とんでもないことをしたのかもしれないと思った。声をかけたいのに、一言も言葉は思いつかなかった。

手術の日から約一週間は集中治療室で過ごすことになった。頭部には脳の覚醒の状態を測るセンサーが貼られ、この値によって意識の状態を把握できるようになっている。看護師さんに、その数値を見て意識が戻っているときに話しかけてみてくださいと言われた。

名前を呼んでみた。オレは苦しそうな表情のまま何も反応はない。このまま目が覚めないのではないかという不安が押し寄せてきて、ただオレの顔を見ていた。

集中治療室は、朝でも夜でも煌々と電気がついていて、もう何日たったのかとか、ここが一体どこなのかとか、そういう現実が見えない世界だ。夢の中にでもいるようだった。面会時間は一日に三度、朝・昼・夕方の決まった時間、それぞれ四十分程度だった。毎回オレの顔を見にいったが、結局集中治療室にいる間はほとんど会話はできないまま、今度はＨＣＵへの移動となった。

ナースステーションのすぐ傍らにある開放病室だ。戦場から帰ってきたかのようだったオレも、少しずつ会話ができるようになっていった。全身につながっていた管も一本二本と、もどかしいくらいゆっくりと外れていった。

ある日、病室に行ったら、オレが歩行リハビリを開始するために、ベッドの上で座ろうとしているところだった。スタッフの人に支えてもらいながら、ベッドから起き上がろうとするオレの姿、オレの表情、その見たことのない苦しそうな様子に、私はいきなり胸のあたりが苦しくなって、息ができなくなった。立っていられなくなり、その場に座りこんでしまった私は、自分の弱っちさに腹立たしさを感じながら、オレに見つからないように部屋を出てしまった。

それでも、オレは毎日、ほんの少しずつでも元気になっていき、やっと一般病棟へ移ることができた。体につけられた管が抜けていき、重湯の食事が出るようになった。点滴を入れたスタンドを持ちながら、そろそろと歩くこともできるようになっていった。でも、食べることだけはなかなか正常には戻らず、毎回の食事の後は本当に苦しそうだった。食べた後の三十分くらいはじっと蹲って、楽しみのはずの食事は苦痛になっているように思えた。

そんなオレの姿を見て、私は主治医にお願いしようと思った。オレの病状のこと、今後の治療のこと、食事のこと、そんなことを直接聞きたくて、看護師さんにその旨のお願いの手紙を渡した。忙しそうな主治医にいきなり口頭でお願いするのははばかれたからだ。まだ若い新人のような看護師さんは快く伝達を了解してくれ、その説明の場はすぐに設定された。

私が主治医に書いた手紙の一部はこうだ。

「手術では大変お世話になりありがとうございました。手術後も特に何事もなく回復に向かい、感謝しております。

先生もお忙しいとは思いますが、退院の前に少しお時間をいただいてお話を聞かせていただければ有りがたく思います。今の時点で、私が教えていただきたいことや、わからないこと等、よろしくお願いいたします。

事前にお聞きしたいことをお伝えしたほうが、お時間もとらせずにいいかなと思いましたので、こうしてお手紙を書かせていただきました。

1．手術の内容を、本人に伝えてください。私では、詳しい説明はできないのでお願いします。どういう状態なのか、本人はやっぱり知っておくのが、一番いいと思います。

2．手術で摘出した腫瘍の細胞診断、また今現在の血液検査の結果等を教えてください。今後の生活習慣や食事等について、本人もきちんとした根拠で改善していく気持ちを持つ必要があると思いますので、よろしくお願いします。

3．細胞診断の結果にかかわらず、抗がん剤は行う必要があるのかと思いますが、その程度や期間等、選択できる許容範囲というものはあるのでしょうか。抗がん剤の効用は理解していますが、正常な細胞にも影響は少なからずあるようですので、その辺の兼ね合いが、もし、先生の御判断で左右できるのであれば、そこのところをお聞きしたいです。

4．今後、退院してからの食事は徐々に楽になっていくのだと思いますが、その期間はどのくらいかかるでしょうか。今現在、本人はかなり食事が苦しそうです。大体の目途をお教えいただければ励みにもなるので、お願いします。」

早速、私とオレは部屋に呼ばれた。

手術の内容が淡々と語られた。摘出したリンパには、六個中三個、また三個中一個にがん細胞が見られた。抗がん剤は、一生続く。

そんな説明が終わろうとしたとき、食べることが大好きなオレに何か希望があればと、一番聞きたかった今後食事が少しでも楽にとれるようになる目途についての問いを再度投げかけてみた。

「それは、私もなったことがないのだからわからない」

回答はそれだけだった。横に座っているオレは、体力的にもうこれ以上の時間には耐えられない様子だった。

面談は終わった。

この頃、私はまだ普通の標準医療の現場というものがわかっていなかったのかもしれない。私が書いたこの四つの質問は、西洋医学を主とした急性期病院の常識には大きく外れていたのかもしれないと、今になって思う。でも、私はどうしても聞きたかった。オレに小さくても希望を持ってほしかった。

オレは、少しずつ起きていられる時間が長くなってくると、しきりに退院したがった。私もそうしてほしい反面、できるだけ病院でゆっくりと体力を回復してほしいという矛盾した思いでいた。ずっと後からわかったことだけれども、オレは自営でやっている会社を、オレが入院してから、私がまだ会社のこともよくわからないままパートさんたちと協力しながらも、一人で何とか動かしていることを心配してくれて、無理をしてでも退院しようとしていたのだった。主治医にも、何度も退院の希望を告げたようだった。

これも後から聞いた話だけれども、退院を希望するオレに主治医は言ったそうだ。「退院、退院と言うけれども、退院しても元気にはならないんだからね」と。きっとこれが真実なんだろう。主治医は正直だったんだろう。でも、少しの希望を持たせてくれたらよかったのにと、これを言われたときのオレの気持ちを思うと、残念でならない。

手術から約一カ月半、十一月下旬に退院が決まった。と同時に二週間に一度の通院が始まり、化学療法が延々と続いた。膵臓を全摘したオレは、強制的にI型糖尿病になった。インスリンを出す手段は何もないのだから。

化学療法を行った後は、決まって血糖値がはね上がり、顔が火照って見えた。でもそんな状況を心配するよりも、まず化学療法を優先にしなくては仕方なかった。どうしたら折りあいがつけられるのか。主治医に頼んで、ステロイドの注射をなしにしてもらった。副作用が大きくなるかもしれない。でも、血糖値の測定器が示す数値の高さに、このままでは血管が先に弱ってしまうのではないかと迷いながらの毎日だった。ぎりぎりのところで綱渡りをしながら暮らしていた。

私は、病気がわかり入院が決まった頃から、いわゆる標準治療のほかに、何か少しでも有効な方策はないのかと、いろんな本を読み始めた。そんな中で、私たちが選択したのは、「ゲルソン療法」というものだった。関連した本は何でも取り寄せた。食事療法によってたくさんの人が生還している、ただ怯えているだけでは病気は治らない、がん細胞は自分の細胞だけれども、自分が闘わなければ自分が自分に負けてしまう。本に登場した人たちの話にはうんと勇気づけられた。私たちもその中の一人になればいいのだと。

そして、この療法にかけようと決めたその日から、わが家からはあらゆる調味料が消え、口に入れるものは体にとって優しいものだけになった。野菜は有機栽培されたもの、そして、朝・昼・晩のニンジンジュースが日課になった。安心な野菜が欲しいのなら、自分でつくればいいのだと、自宅の庭は畑に変身した。初めての超初心者の野菜づくりだ。近くの農協のお店で、さまざまな野菜の苗を買ってきて、せっせと植えた。毎日のニンジンジュースの絞りかすを土に埋めていた効果もあったのか、結構うまくできた。収穫に成功した野菜は、じゃがいも、トマト、ピーマン、なす、大葉、レタス、ルッコラ、ブロッコリー、さらには、種から育てたニンジン、菌打ちから育てたシイタケ。オレの体の中はこれらの力できっとよみがえるのだと信じた。祈るような毎日だった。

少しでも体を立て直し、体の中の状態をがん細胞が住みにくいようにする。すぐに効果が見えるものではない。しかも確認する方法もない。でも、私たちはこの厳しい先の見えない療法を選択した。ただこの方法がどれだけの効果があったのかはわからない。余命一年足らずと言われたオレが四年半生きられたのは、少しは効果があったのかもしれない。いや、抗がん剤のおかげなのかもしれない。私たちだって迷いながらの毎日だった。ただ、西洋医学の世界では、こんな方法はただのインチキ療法としてしか見られない。エビデンスのないものは全て除外されるのだから。それだってわかっていた。でも、何か少しでも体に良いことをしたかった。体の中が変わっていくことで光が見えてくるかもしれないと思った。

主治医にもその旨を伝えたが、予想どおり、「そんなのは宗教と同じだからね」と一蹴された。数カ月たった受診日にも、「まだやってるの、あの食事の」と笑われた。毎日の食事から体は成り立っている。その食事を見直すことによって体を立て直していく。こう言い切るのは簡単だが、オレは今までの人生で食事のメインは肉、それこそが食事であって、野菜なんかただの草だと言っていたような人だ。そんなオレに野菜中心の、しかも味の薄い、いや、ほとんどないような食事をさせるのは、食べるほうもつくるほうも本当につらい日々だった。

手術から半年、徐々に腫瘍マーカーが上がっていく。ジリジリと追い詰められている気分だ。当然のように、次の段階の抗がん剤を勧められる。さらにCT診断、早く確認したいのに、現実を見るのが怖い。

二〇一一四月五月二六日、局所再発、腹膜播種の疑い、脂肪肝との所見だった。主治医は驚かない。それが当たり前だからだろう。標準治療を受けて標準的に弱っていく。驚くことではないのだ。

秋が近づいた九月、この頃から、私たちの食事療法はより厳格になっていった。そして食事の内容や体調、体温、便の状態などをノートに書き留めることにした。体重なんか一日で変化がそんなにあるはずもないけれども、たった少しでも増えていると、何だか回復している気分になる。厳しい日々を過ごしているのに、毎日、夕食後、二人で体温だ、体重だ、ウンチはどうだと笑っていた。この頃は、まだオレは今までどおりに笑えるほど元気だった。二人で笑っていると、病気のことは束の間忘れていられた。

こうして二週間に一度の通院は続いた。そして定期的にCT診断、血液検査をする。

そんなとき、私たちにとって本当に嬉しいことが起きた。前回受けたCT検査では脂肪肝、腹膜播種と診断されたが、次のCT検査口には、読影医のコメントからその言葉が消えていた。体の中で何かが変わっているのだと思った。私たちは間違っていないのだと思った。でもその結果に安堵している私たちの横にいた主治医からは、プラスの言葉はひと言ももらえなかった。そしてその後は、主治医からももらえなかった言葉を証明するかのように、腫瘍マーカーも上がったり下がったりと、何が真実かもうわからなかった。オレの体力も平常で過ごせる状態から少しずつ休む時間が多くなっていった。

そうこうするうち、胆管炎を起こしたのをきっかけに胆管の狭さくが疑われ、バルーンによる拡張処置のために入院することになった。その際に採取した組織の中にがん細胞が存在するかの検査も行われた。結果が出るまでの数日間は、早く聞きたい気持ちと、このままいつまでも結論が出なくていいという複雑な思いで過ごしていた。

主治医が病室にやってきた。

「バルーンは問題ないね。あ、あと、細胞検査ではがん細胞は見つからなかったよ」

そんな重大なことでもないように、つけ足すように言われた。私たちにとってはそれこそが最大の関心事だったのだが。あっけない報告は、オレにとっても手放しで喜ぶ材料にはならなかった。一時的なことでしかないのかという思いと、やっぱり毎日の食事は効果があったのだという思いとが交錯して、喜びの時間を過ごすことはなかった。

そんな日を過ごしていたこの頃、驚くべき変化があった。腫瘍マーカーが劇的に下がったのだ。腫瘍マーカーはいつも四種類の検査を行っているが、そのうち一つが正常値となり、あと二つもほぼ正常値に近づき、最後の一つも大きく下がっていたのだ。やっぱり良かったんだ、もう大丈夫だと思った。この調子で下がれば、もう次回はマイナスになってしまうよと冗談を言いながら、久し振りにオレと顔を合わせて笑った。オレが笑った、それだけで嬉しかった。味のない食事を続けて、大好きなものを退けて、この数カ月、オレの笑い顔はどんどん少なくなっていた。口数も少なくなり、毎日の出勤も精いっぱいな感じだった。でもこうして、結果が出たのだ。人はそんなに簡単に諦めなくてよいのだと、このとき本当に心から思った。

告知の日から、初めてはっきりした希望を持って、私たちは退院した。それでも、二週間に一度の通院は続き、果てしない抗がん剤治療が続く。以前のようには仕事はできなくても、オレは毎日毎日、私の運転で会社へと向かった。私は、ただいつもの助手席にオレが座っていてくれるだけでいいと思った。

会社では、私の席からオレの様子がよくわかるように、机や機器類の位置を変更した。そうしないと、膵臓を全摘してしまいⅠ型糖尿病となったオレは、いつ低血糖が起こるか予想がつかないのだ。オレは何かに集中してしまうと、まるで子供のように夢中になってしまうところがあった。パソコンの調子が悪い、印刷機の印字がおかしい、ドアの閉まりが悪くなった、そんな状況が起きると、オレは、断然元気になって動き出す。元気であるはずはないのだけれども、オレの意欲が全開となる。そうすると、もう止まらない。ネットで調べながら、説明書をにらみながら、オレは次から次と修理を、時には分解を繰り返しながら嬉しそうに動く。もう声をかけても聞こえない。結果、低血糖の心配など頭からとうに飛んでいる。いつもオレの机の上の缶の中に補充してある飴やブドウ糖は忘れ去られ、私がその監視役となる。嫌な学校の先生のように、オレの様子を監視しているのだ。でも、私はそんなふうに夢中で機械いじりをするオレを見ているのが、実は好きだった。でもそんなことを伝える余裕もないまま、いつも仕事をしながら横目でオレの様子を監視していたのだ。まるで「家政婦は見た」の世界だ。

こうして私が幾ら見ているとはいっても、体調の細部まではわからない。少し変だなと思ったときには、飴やブドウ糖ではもう対処できないくらいの低血糖になってしまうこともある。実際、会社から二度も救急車で病院に運ばれたことがあった。ついさっきまで普通に話して作業していたのに、急に汗が出始めだんだんと意識がもうろうとしてくる。もう口から何かを食べさせようとしてもなかなかうまくいかない。たとえ何か口から食べられたり飲めたりしたとしても、血糖値が二十前後まで落ちてしまったら、もう私ではどうしようもない。担架で運ばれていくオレの乗った救急車の後を車で追いかけていく。冷静に、冷静にと思いながら、ハンドルを持つ手が震えてしまう。

病院でブドウ糖の点滴を打ってもらったオレは、嘘のように元気になる。何事もなかったかのように歩ける。そして、私の運転する車に乗ってまた会社へと戻る。失った膵臓の果たす役割の大きさに、悲しさと腹立たしささえ感じた。それでもオレとまた一緒に会社に戻ってこられたことだけが救いだった。

時には会社帰りにスーパーに寄って買い物をする日もあった。オレは調子がいいと、あちこち見て回りたがる。食事が制限されている分、余計にいろんな食材を見たいようだ。まるで小学生のような発想で、これもうまそう、あれもいいなと言いながら、嬉しそうに歩く。そうして、そんなオレの姿を見ながら、私は血糖値の心配をする。「飴、食べる？」と尋ねる私に、オレはいつも「大丈夫だ」と答えた。本当に大丈夫だったのかもしれないし、楽しい時間を遮る私にちょっとだけイラっとしたのかもしれない。私は黙って鞄に飴を仕舞った。そんな心配をしながらも、オレとのスーパーでの買い物は、楽しい時間だった。ただ、私の持っている鞄の全てのポケットには、飴とブドウ糖が待機することになった。

そんな大変なこともあったけれども、まだオレはこうして毎日会社へ出勤することができていた。

改善してきた腫瘍マーカーの値は、私たちの期待を裏切って、徐々に上がり出した。食事療法の限界が来たのか、それとも単に抗がん剤に抗体ができたのか、真実は私たちにはわからない。きっと最先端の知識をもってしてもわからないのだ。ただ、値は上がっていった。

通院日に主治医から言われた。

「マーカーも順調に上がっていますね」

一瞬、耳を疑った。私は間違った国語の勉強をしてきたのだろうかと思った。「順調」の使い方はこうだったのだろうかと。この一言が私たちをどれだけ不安にしたか、主治医にとっては問題のないことだったかもしれない。医者として真実を述べただけのことかもしれない。

ついでに言えば、私は通院日に、何度か主治医の言葉に心から失望したことがある。主治医の前の椅子に座るオレの後ろで、いつもただ私は立って話を聞いていた。オレの後頭部と主治医の後頭部の両方を眺めている格好だ。心ない、いや、医者として投げ出された真実の言葉に、何度、思ったことか。

「今ここで、私はこの人の後頭部を殴ってしまうかもしれない。暴力患者だ。もう六十歳をとうに過ぎて今まで第一線で活躍し、恐らく一度たりともそんなことをされたことのないこの人は、きっと驚き、おののき、怒るだろう。そして私たちは二度と診てもらえなくなるんだろう」と。

そんな私の不穏な雰囲気をオレも少しは感じ取っていたのか、ある日、ぼそっと言った。

「手術してもらったことについては感謝しているんだ。だからあんまり余計なことは言わないでくれよな。オレが困るから」

オレの本心だったんだろうと思う。と同時に患者の絶大なる弱い立場の象徴のように思えた。でもオレを不安にさせてはいけない。私が一番安心を与えなければならないのだから。でも私には毎回、悔しい、悲しい、やるせない通院日だった。

主治医には当然、抗がん剤の限界を指摘され、次の段階の抗がん剤を勧められる。オレは迷っていた。体力がどんどん低下していく中で、果たしてより強い薬を打って、それが良い方向にいくのか。そして何よりも効くのかどうか。でもこれだけはやってみないとわからない。もしかすると期待以上の功を奏することだってあるのだ。私はオレの判断を待った。これ以上の抗がん剤は避けたいとの思いと、もっと体によいことをたくさん続けていればいいのかもしれないという思い、そして、西洋医学の力を信じたいという思い、頭の中はぐちゃぐちゃな感じだった。

オレは、挑戦することに決めた。次の抗がん剤は確実に全部の毛髪が無くなる。今でも若干、頭頂部は寂しいのだけれども、毛根から全てがダメージを受けるというのは、ただの「若干薄い」とは訳が違う。男だからいいという訳でもない。それは、やっぱり人として大きな決断だったと思う。

オレは言った。

「散髪に行って、丸坊主にしてくるよ」

近くの理容店まで車で送っていき、入り口に向かうオレの後ろ姿をただぼーっと見ていた。いつものオレなのに、何だかいつものオレではないかのような感覚だった。オレは少し痩せたのかもしれない。

散髪の終わったオレは、まるで野球部か昔の公立中学校の丸坊主の生徒のようだった。ニコニコ笑いながら、頭を手で撫でて少し照れている。中学校の同級生でもある私は、昔にきっとこんなオレの頭を見たことがあるはずだった。こんな顔だったかなと、ちょっと可笑しくなった。

「何を人の頭を見て笑っているんだ」とオレは私の頭をつついた。

「似合ってる、似合ってる」と二人で笑った。

「襟足をちょっと触ってみていい？　チクチクして気持ちいい」とまた二人で笑った。

「人の頭で遊ぶな」オレは笑った。

一瞬だけ、本当に、ただのイメージチェンジをしただけかと思った。自然に笑った。でもその後は、無理やりにでもずっと笑っていたいと思った。

その後も、抗がん剤治療が続いた。予想どおり、オレの頭髪はどんどん抜けていき、眉毛までがなくなっていったオレは、何だか怖い部類の人のようになっていった。本当にあっという間だった。オレは、中学生のように丸刈りにしてきて笑い合ったときとは別人のように、その表情も顔色も変わっていったように思えた。

この頃から、オレの様子は徐々に辛そうになっていった。と同時にイライラすることも多くなり、思いがけない言葉を発することもあった。多分、気持ちを平静に保つことさえ難しいくらい、もう体が限界になり、悲鳴を上げていたのかもしれない。私はそれを理解しようと思う反面、ひどく傷ついたことも多かった。オレが発した言葉に驚き、思わずオレの顔を見上げると、オレはハッとしていつもの表情に戻ったときが何度かあった。

私たちが笑い合う時間は少なくなった。お互い気持ちをどう察したらいいのか迷っていたように思う。オレは自分の残された時間を思い、残していく私のことをただただ心配していたのだろう。そして私は、まだまだ一緒にいてほしいとの願いばかりで、それがオレをますます苦しくさせていたのかもしれない。病気は、体を蝕むだけでなく、心へも攻撃をかけていったのだ。その攻撃は、オレの意志とは関係なく時に私に向かって放たれることさえあった。病気は残酷だ。

多少具合が悪くても、とにかく会社にだけは行くと言っていたオレが、今日は家にいるよとパジャマ姿のままでぼそっと言うようになった。自営業である私たちは、毎日、どちらかは出勤しなければならない。オレが自宅で一人で過ごすことの一番の心配は低血糖のことだった。寝ている間に時間が経ってしまって、食事のタイミングがずれてしまわないだろうか。自宅から会社までは車で約三十分くらいの距離だ。万が一低血糖が起きてしまえば、命にかかわることにもなる。それだけではない。低血糖そのものが起きているかさえ私にはわからない。何度か会社から連絡を入れるにしても、それにも限界がある。どうにもできない状況のまま、大丈夫だと言うオレを置いて、私は会社へと向かう。

そんなある日、いつものようにお昼休みに連絡を入れたが、ラインが既読にならないのだ。電話をしてみる。出ない。何度も電話してみる。やっぱり出ない。おかしい。

私は自宅へと向かった。その途中何度も何度も電話をしてみるが、やっぱり出ない。もう何か起きているとしか思えない。ここで諦めなければならないのか。絶望的だった。

やっとの思いで自宅に到着し、玄関ドアを開ける。

オレが食卓テーブルにいた。全身の力が抜けた。よかった、無事だった。

その日からスマホは絶対マナーモードにはしないと約束した。

そしてまたある日、連絡を入れる。既読にならない。おかしい。電話してみる。出ないのだ。今度こそおかしい。電話は鳴っているはずなのに。慌てて自宅へ向かった。今度こそだめかもしれない、そんな怖ろしいことを思いながら、ハンドルを握る。電話をかけ続けながら……。

出た、出た。今度はトイレ中だった。オレは無事だった。そのまま方向転換して会社へと戻った。こんなコント並みのあぶなっかしい毎日の連続だったけれども、オレはちゃんと毎日、私のことを待っていてくれた。それだけで嬉しかった。

ところがとうとう恐れていたことが起こった。私たちが望みをかけていた食事療法の限界が来たのか、腫瘍マーカーが上がり出してからは、今度は緩やかな糖質制限をしていた。その影響もあったのかもしれない。その上に薬には多少の睡眠効果を促す成分も含まれている。オレは私が会社に出かけてから再度ベッドに戻り眠ったそうだ。そして目が覚めたときにはもうお昼をかなり過ぎていて、その時点で低血糖が起きていたのだろう。フラフラになりながらも、何とかお弁当を少し食べたが、もう体を正常に支えることはできなかったのかもしれない。その場で倒れ込み、机の角で額をぶつけてかなりの出血をしたらしい。それでも何とかブドウ糖を食べ、低血糖から脱出できたという。私が、いつものように「帰るよ」の連絡を入れたときに、オレから返信が来た。

「帰って驚くなよ」

私は何かサプライズがあるのかなとぐらいに思って帰宅した。

オレの額は腫れ上がり、別人のようになっている。どう見ても大丈夫じゃない。嫌がるオレを無理やり車に乗せて近場の救急病院に行き、結局、額を数針縫ってもらうことになった。痛々しいオレの傷に、低血糖の怖ろしさを思い知らされた。

その後も、オレは出勤したり休んだりとしながら、それでも日常生活は送れていた。少し調子のいいときには、一緒にスーパーの買い物に行ったりもしたけれども、その回数はだんだん減っていった。

そんなある日、私が会社から帰ると、リビングでオレが寝ている。玄関ドアの音がしても起きないなんてよっぽど眠いのかなと思って覗いてみると、明らかに様子がおかしい。寝ているのではなくて倒れているのだ。必死でオレの名前を呼ぶ。抱き起こして大声で呼んでみる。明らかに低血糖だ。救急車と思ったけれども、そんなことをしている間にも状態は悪くなっていくかもしれない。とにかくブドウ糖を小さく割って口に含ませ、ジュースをゆっくりとひとくち、ひとくち含ませていく。一分、二分の過ぎるのが遅い。早く効いてほしい。ブドウ糖を食べさせながら救急車を呼ぼうとしていると、少しずつオレの意識が戻ってくる。私を見つめながら話ができるようになる。起きあがれるようになる。そして会話ができるようになった。低血糖から解放されると、本当に今まで起こっていたことが嘘のように、回復するのだ。けろっとしているオレの前で、私はほっとして涙がこぼれ続けた。

低血糖が起ころうが怪我をしようが、二週間に一度の通院は続く。抗がん剤は続く。体力の限界を感じて抗がん剤を休みたいと告げると、主治医からその後の恐ろしい結果をそれとなく示され、また終わりのない治療へと向かうのだった。

待合室で待っている間のオレも辛そうだった。つい数カ月前までは、サンプルで置いてあるかつらをかぶって写真を撮ったりして私を笑わせていたのに、治療するほどにオレは弱っていく。それでも、二番目の抗がん剤の効き目が悪いとなると、今度は最終的な薬を勧められる。西洋医学としての最良の治療なんだから、当然のことなんだろう。

オレは迷っていた。自分にはその薬に耐えられるだけの体力が残っているのか、でもそれに耐えたら、もっと長く生きられるのかもしれない、そんな迷いの中にいるオレの様子は見ている側にとっても辛いものだった。

この頃から、オレは食事をする度に胸につかえるようになって、しゃっくりが止まらなくなったりしていた。食べられるものも限られて、とても体力を回復できるような状態ではなくなっていた。通院日に主治医から言われた。

「もし体調が悪くなったら入院してください」

そう言われた二日後、オレは朝、目ざめると、弱々しく言った。

「やっぱり家にいるのはもう無理かもしれない。入院するよ」

そして、この日からオレは入院した。二〇一七年十一月十一日、オレの五十九歳の誕生日の日だった。

この日からオレは一度も自宅に帰ることはなかった。オレのいない私たちの家は、オレの音がなくなり、私が出す音だけの世界になった。

手術後も、もう何度も入院をした病院だ。担当の看護師さんたちの中にも顔見知りが多くなっていた。徐々に痛みのコントロールが難しくなる中でも、オレは自分の状態をつぶさに観察し、痛み止めの薬の希望を細かく看護師さんに伝えていた。肺炎による突然の発熱にも見舞われ心配した。自宅にいるときには一度も起こらなかったのに、なぜか入院すると決まって発熱が起きた。精神的なこともあるのかもしれない。守られているはずの病院で、オレは絶えず抗生物質や栄養剤の点滴を受けていた。多分、体を維持するのさえ限界だったのかもしれない。それでも、オレのいない会社で日々起こる問題に、頭を抱える私が病室に書類を持っていくと、その都度指示し解決してくれた。私はまだまだオレに頼ってしまっていたのだ。

ある日オレは言った。

「もうオレには仕事は無理だ。これがきっと最後になると思う。もうオレの意見は聞かなくてもいいよ。これからはおまえの思うように、おまえのやりやすいようにやってくれればいいから」

途方に暮れながらも、もうこれ以上オレに負担はかけられないと思った。会社にはできるだけ出ないといけない。でもできるだけオレの近くにいる時間が欲しい。そんな矛盾する思いのまま、本当に私はひとりになるんだろうかと、病室から駐車場に向かいながら、もう冬の気配の空を見上げて、何度も立ち止まった。まだまだ信じたくなかった。

その頃から、オレは水を飲んでも胸が詰まったようになり、もうほとんどのものを口から食べることはできなくなっていた。唯一、点滴の栄養だけで暮らしていた。それでも私が病室に行くと、調子のいいときは笑いながら話もできたし、次男がお見舞いに来てくれたときには、一緒にデイルームまで点滴を引いて歩いていくこともできた。オレの横をゆっくりと並んで歩く次男は何も言わなかったけれども、きっと時間の大切さを感じていただろう。冬の日差しが差し込むデイルームでのわずかな時間ではあったけれども、オレと次男は楽しそうに笑っていた。オレは穏やかな父親の表情で、次男の話を聞いて笑っていた。どこにでもいるような親子の風景は、心静かになると同時に、眺めているのが悲しくもなった。自分の思いを何も言わない次男も、どこかで「覚悟」を受け入れていったのだろう。

厳しいことはわかっていても、それでもささやかな時間を過ごすことができることが救いだった。まだオレは笑ってくれる。

主治医から指示された抗がん剤は、オレには堪えられるものではなかった。何日も倦怠感と身の置き所のない苦しさが続き、もうこれ以上は無理だと思った。オレの苦しさは、私が病室に行くことさえ拒否するほどの堪えがたいものになった。

オレも、もう抗がん剤の投与は限界だと言った。治療は中止することにした。そして、その思いを主治医に告げたのだ。その決心は、もうこの病院に居つづけることはできないということだった。

転院

二〇一八年、年が明けて一月中旬、オレは手術を受けた急性期病院から緩和病棟のある病院へと転院することになった。私たちには、治療して寛解して退院するという選択肢は与えられず、しかも急性期病院にずっとこのまま居るという選択肢もなかった。体力の限界から抗がん剤をやめるという決断をしたと同時に、入院し続けることは許されなかった。

転院前の年末のある日、抗がん剤を終了したいと伝えたオレは、唐突に主治医から言われた。

「これからどうするつもりなの。このままここにずっとは居られないよ」

何の前触れもなく主治医から「緩和」「看取り」という言葉をいきなり突き付けられオレは混乱した。オレはまだまだここの病院で、少しでも状態を維持しながら療養できるのだと思っていたのだ。病室の白い天井を見ながらオレはどんなに悔しい思いをしただろう。何もできない自分が悲しかった。私は「医者は患者には考えられ得る最悪のことを告げるものだから、私たちはその言葉に翻弄されないで、自分たちで選択した最良の方法で、体にいいことを繰り返しながら粛々と暮らしていこう」と、ただそれだけの言葉しかかけられなかった。オレは静かに頷いた。

私は正直、主治医の言葉の選択にまた不信感を持ったのは確かだ。でも、私たちにとっては、そんなことで立ち止まっていることは時間の無駄にさえ思えた。後頭部を殴るのはやめた。

「緩和病棟なんかへ行くと、三日で死んじゃうよ。肺炎を起こしても、ここみたいに点滴なんかしてくれないんだから」と言う主治医の指導のもとで、次の病院を探すことはしたくなかった。私は信頼できる看護師さんに個人的に面談をお願いした。彼女は、私が何ひとつ事情を話していないにもかかわらず、主治医には聞き届かない配慮をしてくれ、転院先の手続のために、ソーシャルワーカーさんに話をつないでくれた。

彼女に話すことではないと思いながら、私は堪えきれずに話した。

「看取りとか緩和とか、本人が混乱する話を、直接夫に話すことだけはやめてほしい。全部私に向けて話してほしい。私は何を言われても全部受けるから」

彼女は、じっと私を見つめていた。その瞳からこぼれ落ちる涙を拭おうともせずに、ただ、じっと私の顔を見つめていた。

私はソーシャルワーカーさん、看護師さんと連携をとりながら、次の病院への予約、面談の手配を秘密裡でお願いした。彼らも私たちの思いを察してくれて、本当に熱心に情報をくれ寄り添ってくれた。そして予想外の早さでオレの転院は順調に受け入れてもらえることになった。

その後、私は主治医との最後の面談でただひとつだけ伝えた。

「夫は、もう今の自分の状態は十分把握しています。急性期病院と緩和の考え方や方向性の違いとか、日本の医療制度の縛りの限界とか、私たち患者にとってはそんなことは関係ないのです。それを考えている時間はないし、そういう問題に振り回されている時間もないのです。私はただ、夫が最後の最期に、いい人生だったと、楽しかったと、そう思ってほしいだけなんです」

主治医には言えなかったけれども、「死」は敗北ではないと思った。

どんなことがあっても涙は見せないと決心していた。そしてそれは成功した。主治医と私との話は、オレは何も知らない。私は、想像もできないくらい辛い思いをしているオレを、自分の小さな小さな力を嘆きながらも守りたいと思った。

転院の日の前夜、遅くにオレからラインが届いた。

「先生が来てくれたよ。オレは、ベッドの上で正座して今までありがとうございましたと礼を言った。先生は、向こうの病院でも頑張ってと、オレの肩をたたいたけれども、オレは一滴の涙も出なかったよ」

「それが今の心のままの声だから、それでいいんだよ」と返信した。

転院日の朝、病室まで次々に看護師さんや薬剤師さん、リハビリのスタッフさんが、挨拶に来てくれた。転院の面談をお願いした看護師さんまでが、非番にもかかわらずわざわざ見送りに来てくれて、オレはもう涙で顔がぐちゃぐちゃになっていた。今まで、どんなときでも、主治医の前でも決して見せなかった涙だ。私はただただお礼をしながら、こぼれ落ちるオレの涙を見ていた。こんなに悲しい退院があるんだと思いながら、オレも私も次の一歩に向かっていった。負けない。

介護タクシーが病院の玄関口で待機してくれている。車椅子のままオレが車の中に運ばれていく。「そうなんだ、車椅子なんだ」と、空っぽの頭の中で考えていた。車椅子と、その横に備え付けられた酸素ボンベを除くと、後ろ姿は今までのオレと変わらないのに、そこにはあのふざけた笑顔のオレはいない。

ダウンジャケットで寒さから守られながら、オレの乗った車椅子はタクシーの中へと移動していく。わざわざ病院に来てくれた非番の看護師さんが、一緒に見送ってくれた。まだ若い、私の子供のような年齢の人だ。きっと、こんな場面は何度も経験しただろう。いつもの白衣ではなく普段着の彼女は一段と幼く見えた。次から次と流れる涙を拭きながら、何を話したのだろうか。この涙は終わりを意味するのではなく、次のステップになるんだと、そう思おうとしていた。小さくなっていくオレの乗ったタクシーがとても頼りなく切なくて、自分の白い息の行方をじっと見ていた。よく晴れた寒い日だった。

緩和病棟は全室個室だ。洗面やトイレもソファもある。一見、ビジネスホテルの一室のような感じがする。そして静かだ。

転院したその日、オレは疲れているに違いないのに、私と一緒に病棟を歩いてみようと言った。冒険だと。ひと回り小さくなったようなオレと私は、ゆっくりゆっくり病棟の中を歩いて回った。看護ステーションの周りを、十二室の病室が四角く並んで続いている。ぐるりと回っても五十メートルほどの距離しかない廊下だった。人もいない。オレと私だけが、一歩一歩と歩いていた。オレは嬉しそうな笑顔で私を見ながら、新しい環境を少しでも早く把握したいかのように、点滴のスタンドをどんどんと引いていった。知らない人が見たら、楽しそうにさえ見えたかもしれない。ここが緩和病棟だということを、一瞬忘れた。そんな笑顔だった。でも、このわずかな散歩が、オレと一緒に並んで歩けた最後の時間になってしまった。

転院したその日に、私は新しくオレの主治医になる医師に呼ばれた。転院前の面談のときにも会った女性医師、M先生だ。あの時の私は多分、かなり混乱していたと思う。とんでもなく涙の懇談になってしまった。先生は、そんな私の話をただただうなずきながら聞いてくれていたのだ。そして、涙が頬を伝うのと同時に、横にあったティッシュの箱をそっと差し出してくれた。何でもない優しさだった。そして最大の優しさだった。

先生は静かな表情だ。

「大丈夫ですか？」ひと言、ゆっくりと言った。今日はティッシュを貰わないようにしようとひそかに決心して、先生の顔を見る。

「院内を散歩したんですか。大丈夫でしたか。思っていたよりも元気そうでよかったです」と笑顔を寄こしてくれる。その言葉に、きっとまだまだこの病院で時を過ごすことができるような気になった。ここからまた始まるのだと思いたかった。

先生は続ける。

「今、こうして話せる時間というのが、本当に貴重な時間です。大切に過ごしてほしいです。今後は、週単位で考えたほうがいいかもしれません」

聞き間違えたのかと思った。さっきまで私と散歩して笑っていたのに、それは貴重な時間だというのか。私たちにはそんなには時間は残されてはいないというのか。本当は、どこかでもうわかっていたのに、信じたくなかっただけだった。緩和病棟というこの場所に転院したということは、そういうことだと。でも、まだ私には信じられなかった。いや、本当はわかっているのに、まだ奇跡が起こるかもしれないと思いたかった。状態が落ちついたオレは、きっと自宅に戻ってまだまだ静かに一緒に居られる時間が持てるんだと思いたかったのだ。先生の言葉を聞きながら、お医者さんだって、本当のことはわからないことだってあるかもしれないのだからと心の中で言い聞かせていた。

でも先生は、オレを同席させずに私とだけ話をしたのだ。そうなんだ、そういうことなんだ。

私の決心は成功しなかった。今日も先生はそっとティッシュを差し出した。面談室を出た私は、ゆっくりゆっくり病院の駐車場へ向かって歩いた。何十分も歩いたように思えた。病院の玄関の自動ドアが開いて、外気の冷たさを感じる。改めて今は真冬なんだと気がつく。そうだ、ここは緩和病棟だった。現実が見えてしまった悔しい悔しい冬の夕方だった。

急にもう一度病室に戻ってオレに会いたいと思った。オレと何でもいいから話をしたいと思った。オレの声を聞きたいと思った。でもオレの前で元気な笑顔は見せられない。

やっぱり会えなかった。

車に戻ったけれども、エンジンをかけられない。ハンドルが握れない。涙はいつも容赦ない。あそこにオレがいるのにと、病室の窓を見上げながら、何分そうしていただろう。

明日はいつもの私になってオレに会おう。オレとまた笑って話そう。

震えながら車のハンドルを握り、自宅へと向かった。

穏やかな時間

緩和病棟に転院してからのオレは、最初の日以降、病室からは一歩も出なくなったけれども、そのたった八帖くらいの部屋の中で、自分の世界をつくりながら、落ちついて過ごしていた。パソコンを持ち込み、ユーチューブを楽しんだりもしていた。個室になったことでオレには以前よりもずっと会いやすくなった。いつでも好きなときに部屋を訪ねることもできるし、誰にも遠慮なく話もできる。ちょっと大きな声で笑ったりもできる。一瞬、自宅のリビングにでもいるかのような雰囲気だ。点滴とナースコールのボタンさえ見なければ。

私は、出勤前に時間の余裕のあるときと、お昼の時間、そして退社後に病室へ会いに行った。静かに滑るように開くドアとカーテンをそっとくぐると、いつもオレは満面の笑みで迎えてくれた。そしてちょっとだけ照れ臭そうに手を振る。白いきれいな手だ。

元気な頃には、多少のぶっきらぼうさとオレ流の男気のせいか、そんなに密に連絡をくれる人ではなかった。そんなオレが、他愛もないことで、頻繁にラインを送ってくる。こんなことがあった、そうだ、あれを持ってきてほしいな、今日も来てくれるのか…、何時ごろになるの…、そんな具合だ。私の思い違いでなければ、一度で頼めることを二度に分けてラインしているのかなと思えるようなときさえあった。そんなオレの変化に、見てはいけないオレの淋しさを見たようで、胸の奥を何かにぎゅっと掴まれたような、痛くて震えるような感覚があった。なかなか返信ができないまま、オレの打ったラインの文字を何分もじっと眺めていた。

転院後、すぐにCTを撮ってもらった。今の状態を調べるためだ。その結果を伝えたいとM先生から言われた。二人一緒に面談室に向かう。小さなその部屋にはパソコンとCTを映し出す大画面、その奥にはティッシュの箱が置いてある。この前、私がまたお世話になったティッシュだ。そのことはオレだけは知らない。

先生の表情はいつも穏やかだ。

「今日は、この間撮ったCTについて、悪い話といい話があります。全部聞きたいとおっしゃる方と、悪いことは聞かないほうがいいとおっしゃる方がいます。どうなさいますか？」

オレが答える。

「ここまで来たら、もう全部聞きたいと思います。大丈夫です」

「わかりました」

先生は、一つ一つ、わかりやすく、オレの今の状態の説明をしていく。楽観視できない厳しい部分、そして今まで心配していた状態が少しずつよくなっていっている部分、その患者にとって一番聞きたくないことと、一番聞きたいことを、丁寧に示してくれる。今までの四年半に及ぶ闘病の中で初めて感じた安心感だった。背中をさすられているような感覚だった。横で聞いているオレも静かな表情のように見えた。私がしっかりしないといけないのに、このときは、オレを頼りにしたいと逆のことを思っていた。

今の時代、昔のように病名を本人にひたすら隠し続けるということは少なくなってきている。全部真実を伝えるのが一般的になりつつあるのかもしれない。でも、是非はともかく、そこには個人個人の生き方の根底に関わる問題があると思う。医師側の一方的な思い込みで対応されては、患者側の痛みは置き場がない。先生の、個人の思いを尊重してくれた対応には本当に感謝した。そして、私たちは主治医の先生を一番に信頼するという当たり前の気持ちを持つことができた。

オレの病室はどんどん整えられていく。パソコンから始まり、手元を照らす照明、小物を分類するためのカゴ、ハンガー、スマホ立て、クッション、どんどんオレの世界ができ上がっていった。

オレの趣味はパソコンだった。まだこれほど世の中の誰もが普通にパソコンを使うようになっていなかった時代、オレは秋葉原まで足を運び、部品を購入し自分でパソコンづくりをしていたそうだ。ある意味、今で言うオタクかもしれない。とにかく機械いじりや修繕、大工仕事が大好きだった。自宅や会社のパソコンの調子が悪くなると、あ〜あと言いながら、嬉しそうに分解していく。どうやら後々に聞いてみると、必要以上の高い部品を購入し、自分の好きなようにいじっていたということを笑いながら白状していた。そんなこともあって、看護師さんとの話の中で自分の痛みのコントロールのための情報を日々エクセルで管理することになったらしい。

「こんなことをやらされているんだよ、参ったよな」と言いながら、せっせとパソコンに向かっていた。痛みのないときのオレは、まるで五年前のオレだった。抗がん剤を中止して数週間経ったオレは毛髪も徐々に生え始め、眉毛も揃い始め、また穏やかな顔つきに戻っていた。

私が選んでオレの部屋に運んだものが一つだけある。フォトフレームだ。もう今は、そんなものは電気屋さんの店頭には並んでいないかもしれないが、数年前、オレがまだ元気だった頃に、私の誕生日祝いに買ってくれたものだ。二人で行った山や温泉の写真のデータが読み込まれている。そして、それらの写真がスライドショーのように順番に映し出されていくのだ。

きれいな花がいっぱい見たいと言っていた私を楽しませるために、オレは多分今まで一番縁遠かったと思われるお花情報を一生懸命探し出し、いろんなところへ連れていってくれた。菜の花、ユリ、ニッコウキスゲ、アイリス、すずらん、一面の花の前で二人で笑っている。「オレ、一番お花が似合わないタイプだな」といつものネタで笑った。

温泉に入ってとびきりの笑い顔でビールのジョッキを持つオレ。山登りでへたっているオレ。ふざけたポーズのオレ。雪景色の中でピースサインで写る二人。高原の景色の中で、ちょっとだけくっついて写る二人。うちわを持って写るお祭りの日の夜。

何枚も何枚も映し出される。どの写真を見ても、うらやましい気持ちになる、自分の写真なのに…。オレは一人でこの写真を見ながら何を思っただろう。それらはオレの気持ちに寄り添えることができたのか、それともより悲しくさせたのではなかったかと、今でも迷いはある。でも二人で一緒にいるときは、いつもその時々のことを思い出して、笑っていた。オレは確かに笑ってくれていた。

転院してすぐに、看護師さんに言われたことがある。

「どんなことでも何か希望があれば言ってください。私たちができることは何でもしますから。ここの病棟にできないことはほぼありません」

そう笑いながら言ってくれた。

「じゃあ、犬も私と一緒にお泊まりができますか、大型犬なんですけれども」

「もちろんです」

そこからオレと私の、楽しいワンコお泊まり計画が始まった。

わが家には、カークという名前のゴールデンレトリバーの男の子がいる。このワンコがわが家へ来ることになったのも、突然のオレの一言だった。もともと私もオレも犬は大好きだった。ある日、ドライブの途中でペットショップを見つけて、ちょっと寄ってみようかという軽い気持ちでその店に入った。

かわいい子犬たちが、ガラス越しにこっちを見ている。ハスキーの女の子、ラブラドールレトリバーの女の子、そして、今やカークとなったゴールデンの男の子。どの子もかわいい。ハスキーの女の子はゆっくり尻尾を振りながらじっとこっちを見つめている。ラブの女の子は本当におとなしいのか、ちょっと伏せ目がちにそっちを見つめている。ふにゃっとした、本当にかわいい私の大好きな顔だ。

そしてカークはといえば、なぜか一匹だけ異常に元気にぴょんぴょん跳ねて、尻尾もちぎれんばかりに振っている。私たちがほかの子犬のところへと移動すると、横目で見ながらじっと待っている。そしてまたカークの目の前に戻ると、大歓迎のぴょんぴょんが始まるのだ。そのかわいい素振りに思わずニコニコと眺めていると、グッドタイミングで店員さんが声をかける。

「抱っこしてみますか?」

これはだめな流れだ。抱っこなんかしたら絶対連れて帰りたくなる。まだまだワンコを飼う心構えはできていなかった。

オレが言う。

「させてもらったら」

ますますだめな流れだ。

「じゃあ、ちょっとだけ」

ちょっとだけで済むわけがない。

ゲージから出てきたカークはふわふわだ。私の腕の中で全力で嬉しそうな表情をする。顔をぺろぺろなめる。膝の上で転がる。もうだめだ。ここで返さなければノックダウンだと思ったそのとき、オレが言った。

「連れて帰ろうか」

「えっ？」

振り返ると、オレがニコニコしながらカークを指差している。

そうして、私たちはその十分後には書類にサインをしていた。何も準備をしていなかった私たちは、ダンボール箱に入れられたカークを車に乗せて自宅へと向かった。

「あんなに尻尾を振って歓迎しているんだぞ。連れて帰るしかないだろ。オレは運命を感じたぞ」と運転席のオレが笑う。

そしてその日からいきなりカークはわが家の一員になった。

秋の終わりに入院してからオレは一度もカークには会えなかった。カークも、何も言わないけれども、時々遠くを見ながら、オレを探しているようなときがある。

町なかで、ちょっと細身のキャップをかぶった男の人を見かけると、一瞬オレと勘違いするのか、じっと視線を向けてその人を追いかける。オレのキャップはオシャレでも何でもなく、若干寂しくなってきた頭部を庇うように、いつもトレードマークのようにかぶっていたのだ。でもカークにとっては、キャップとオレは密接に結びついている。

カークの写真を送ったりはしていたけれども、やっぱり実際に会ってみたいだろうといつも思っていた。何とかできないのかと。一時的に自宅に帰るという選択肢もあったが、オレはもしも自宅で具合が悪くなったらという心配が大きいようで、なかなか決心できないでいた。そんなときの看護師さんからの嬉しい言葉だ。

カークの宿泊は即オーケーだった。感謝した。ただ何といっても大きいカークは病院の駐車場から病室までどうして運んでいくかが問題になった。

もちろん抱っこなんてできない。普通に廊下を歩かせるのは、やっぱり難しい。たとえひとけが少ないところを選んだとしても、いつ誰に会うかわからない。犬が苦手な人だっているから、それはできない。

赤ちゃんみたいに、おんぶ紐で背負ってママコートを着る、そんなことまで考えたけれども、到底カークも私も病室までの五分間でさえ我慢できるとも思えず断念。

最終的に、カークをゲージに入れたまま台車に乗せて、しかも外から見えないように布をかぶせて、まるで一瞬荷物に見えるようにしてガラガラと押していくという結論になった。そうと決まったら、看護師さんたちのチームワークはすごい。

実は、カークのお泊まりはこの日の前に一度計画があった。M先生が控え目に私に告げたのだった。

「カークのお泊まりはなるべく早いほうがいいかもしれません」

それほど、オレの状態は油断できなかったのだろう。早速オレにカークのお泊まり計画を実現しようと、できるだけ元気に伝えたら、オレは言った。

「まだあの大きなカークが喜んで飛んでくるのを支えられないな。もう少し体力が回復してからにしないか」

オレはまだこれからも体力を回復させて、一緒に生きていこうと思っていてくれていたのだ。

いよいよカークと私が病院の駐車場に到着した。看護師さんに連絡を入れる。

カークは何事が起こるのかわからないまま、準備万端だ。車から降りて初めて見る病院の駐車場に興味津々だ。二人の看護師さんが、大きな台車を運んできてくれた。まるで業者の荷物搬入の雰囲気だ。

まず、カークの大きなゲージを台車に乗せる。そしてそこにカークを入れる。その上に大きな布をかぶせて、ゲージのすき間からカークが一切見えないようにして、犬の要素を消す。二人の看護師さんが一番の近道を選びながら、そろそろと台車を押していく。お泊まり用のたくさんの荷物を抱えた私が、その後に続く。体重三十五キロのカークを乗せた台車は、時々その重さに不安定な動きをしながらもだんだんとオレの待つ病室へと近づいていった。もともとカークは子犬の頃からほとんど吠えないワンコだった。それが本当に助かった。生まれて初めての不審な移動にもかかわらず、カークは黙って、しかもじっとゲージの中で大人しくしていてくれた。看護師さんたちの連携は見事で、カークが到着する寸前には、エレベーターもちゃんとドアを開けて待っていてくれた。まるでＶＩＰ待遇だ。

看護師さんたちのおかげで、カークは無事オレの病室まで何の障害も起きずにたどり着くことができたのだ。

三カ月ぶりの対面だ。

カークはきっと、もうオレがすぐそこに居ることに気づいていたのだろう。ゲージの中で激しく壁に当たる尻尾の音が聞こえてくる。オレも久し振りの満面の笑顔だ。

ゲージから出たカークは一目散にオレに向かっていく。いた、いた、こんなところにいたんだと言わんばかりに、全身で嬉しさをアピールする。もう離れられない。何分そうしていただろう。カークはずっとオレの足元で尻尾を振り続けていた。こんな対面が自宅でもう一度できたらどんなにいいだろう。

カークのお泊まりは、オレにとって、今までの日常がいっとき戻ったみたいで本当に嬉しかったようで、また計画してくれよな、ともう次のお泊まりを楽しみにしていた。そして、その二週間後には、またカークも一緒にお泊まりをしようと決めていたのだった。でもそれは実現できず、予定していたその日に、オレは一人で逝ってしまったのだった。

緩和病棟の部長先生も何度となく病室を訪ねてくださった。まるで家族のようにベッドの脇の椅子に座り、安穏とした空気を差し出してくださる。オレは、柔らかい表情で楽しそうに話をしていた。

ある日、看護師さんにいたずらっぽい笑い顔で言われた。

「病室から何だか楽しそうな笑い声が聞こえてくるので、部屋にお邪魔するのをやめました」

その言葉が嬉しかった。楽しそうに聞こえている。オレが笑っているからだ。もっともっと一緒に笑っていたい、心の底からそう思った。

M先生は時間があるとよく部屋を訪ねてくださった。先生が飼っているラブラドールのこと、医者になる前に海外で経験したこと、ユーチューブのおもしろい画像のこと、そんなことを普通の会話で普通の言葉で話してくださった。そしてオレも、自分の学生時代の思い出や趣味の話をしたりしていた。もともとオレは、自分の気持ちとか感情をそんなに人に向かって開放するタイプではなかった。きっと、ここの病院の方たちの真っすぐな対応に気持ちがほぐれて、心を開いていったのだろう。

部屋には心理のI先生も何度か来てくださっていた。きっとオレにとっては今までの人生で、一番遠い存在の先生だったろう。私はいつもタイミングが悪くて入院中は一度も会えなかったけれども、オレはいつも先生が来てくれたときには連絡をくれた。

「心理の先生が来てくれて、オレ、何だかいろんなことを全部話して思ったよ。話してしまうって、結構気持ちが楽になるな」

オレは、最初のうまくいかなかった結婚の話や私との再会、そして再婚してからの話をしていたらしい。オレが逝ってしまって数カ月後、初めて心理の先生からそんなことを聞くことができた。ゆっくりとひとことひとこと先生は話される。

「ご主人からお聞きしたお話は、奥さんへのラブレターだと思いました。一緒に暮らした年月の長さではなく、どう過ごしてきたかが大切なのだと、しみじみ感じました。本当に素敵なご夫婦だなと思いました」

オレは、私との思い出を嬉しそうな顔で話していたのだ。そして無念な思いを語っていたのだ。

私はまた涙の海に落ちたのだった。

痛みのコントロールはだんだん難しくなり、使う薬の量も多くなっていった。それは同時に意識が少し薄れたり、眠気に襲われる時間が増えるということだ。それでも薬の影響が少ない時間には、たくさんの話ができた。

残された時間を少しでも一緒にいられたらと思ったけれども、私は自営の会社を維持し続けていく必要があったから、ずっとオレの傍らにはいられなかった。早朝に時間の余裕のあるときは、出勤前に病院に寄りそのまま出勤、午前中は仕事、そしてお昼少し前に病院に行って、そこでお昼を食べる。といっても、オレは転院する少し前からほとんど食べ物を口にすることはできなくなっていて、栄養は点滴から補給している状態だった。オレの目の前でお弁当を食べるのはどうかと思ったが、オレは、そんなことはいいから来てくれるほうがいいと言ったので、毎日、病室でのお昼ご飯になったのだ。そして午後一時過ぎに再度会社に戻り、午後は仕事となる。会社は五時終業だから、時間きっかりに仕事を終わらせ会社を出て病院に寄る、そんなある意味規則正しい生活だった。自営業だからある程度時間を自由にはできたけれども、その分、パートで来てもらっている方たちには随分迷惑もかけ負担もしてもらった。感謝している。

こんな毎日を続けていると、正直、自分が随分疲れているなと感じる日もあった。今日はもう病院へ行くのは勘弁してもらおうかと思いつつ、行って顔を見るのを楽しみにしている自分がいるという複雑な毎日だった。病室に入ったときのオレの嬉しそうな笑顔が、次の日また仕事に行こうという力になっていたのかもしれない。でも疲れ度合いはどんどん大きくなっていった。毎日、夜九時には布団の中という幼稚園児並みの日課だった。

オレは、私が病室に来るのをいつも楽しみにしていてくれた。会社の様子も心配しながらも、余り会社のことは会話の話題には上がらなくなり、オレは静かに毎日を過ごしていた。仕事と並行してカークの世話もある私は、カークの排泄や食事のために自宅に戻らなければならず、度々病室を離れることがあった。私がひとりで病室でお泊まりをした翌日の朝も、やはりゆっくりと過ごすことはできなくて、カークのために一旦自宅に帰る必要があった。オレはちょっと笑いながら言った。

「何か、オレとカークで、かあちゃんの取り合いしているみたいだな。でもカークは自分で何もできないから、オレが我慢しないとな」

オレとカークと私の普通の暮らしが、どんなに大切な日常だったのか、気づかないままで過ごしていた数年前の自分を思い出し、目の前の景色が滲んでいった。オレには気づかれたくなくて、三歳児みたいだねと笑ってごまかした。

週末に近づいてくると、一週間の仕事の段取りも目途が立ち私の気持ちにも少し余裕が出てくる。いつもの夕方よりもちょっとゆっくりと病室で過ごすようになる。

ある日、私はベッドの横のソファに、靴を脱いで体育座りのような格好で座っていた。オレはスマホをいじり、緩やかに時間が流れていた。自宅にいるような気分だった。

そのとき、オレがぽつんと言った。

「もうちょっと、おまえと一緒に生きたかったたな」

オレは笑っていた。決して悲壮感がただよっているわけでもなかった。そして、「でも、それはできないんだよ」とでも言っているかのような静かな言葉だった。その言葉を受け取った私は、オレに何も答えることができなかった。

「私だって…」そう言おうとして、それは音にはならなかった。

私がオレともっと一緒にいたいと伝えることは、オレをもしかしたら違った方向から追い詰めることになるのかもしれない。ただオレの顔を見つめていただけだった。でもオレは何か言ってほしかったのかもしれない。今、そのときのことを思うと、何もできなかった自分が、ただ悲しい。伝えたかった気持ちは、もう永久に間に合わない。

オレが少しずつ気持ちを差し出して、そして穏やかになっていくということは、同時に何か怖ろしいことが迫っているのかもしれないという恐怖があった。私は毎日の時間の経過に怯えていたかもしれない。そんな私の様子をM先生はどこかしら察してくださっていたのか、機会あるごとに私と話をしてくださった。

ある日、先生が尊敬している医師の言葉を教えてくださった。

「人が死んでいくというのは、生まれてくるときと同じことなんだ。生まれてくるとき、誰もが赤ちゃんに、がんばれ、がんばれと言いながら、世の中に出てくるのを待つ。そして死んでいくときもそれは同じことで、がんばれ、がんばれと言いながら、背中をさすり、送ってあげるものなんだ」

はっと思った。生まれてくることと逝くことを同じに考えるという発想は、私には一切なかった感覚だった。誕生は喜ばしいことであり、臨終はただただ悲しくて寂しくて、何も残らないものだった。

一瞬、思わず先生の顔を見返した。

先生は穏やかな表情だ。

また、ある時、オレの状態が心配で病室を離れるのをちゅうちょしていたとき、先生は言った。

「よく、臨終の場に立ち会わなければという、脅迫観念みたいなものがあるけれども、今か、今かとベッドの横で待っているのもどうかと思います。人の死は、医学的にはこの時点で臨終だという基準があるものの、人はそんなにいきなり全ての機能を止めてしまうものではなく、徐々に徐々に機能しなくなり、最終的に細胞の動きが止まってしまうのだから、医学的な最期というものにとらわれることはないと思います」

私はオレの最期のときを待っているのではない。最期はまだまだ来ないとさえ思っている。私はオレが心配しないように、普通に暮らしを続けていこうと思った。

先生との会話は、私の気持ちを少しずつほぐし、そのほぐれた心のもう一方でいつかやってくるオレの最期を、まっすぐに受け入れようと思った。

時には、先生とオレと私の三人で、他愛もない話題で笑った。そしてまた、時には先生と私の二人でオレのことを話しながら、私は毎日、ぎりぎりのところで泣きながら笑っていた。先生はいつもそんな私を静かに見ていてくださった。

自分を平静に保つのさえ難しいと思っていたけれども、先生と会えて話せて、私の中の死生観が少し変わったかもしれない。

死とは、ひたすら怖いもので悲しいもので、受け入れがたいことのように思っていたけれども、そうではないと思えるようになった。笑って送ってあげるということができそうな気がした。死というものは、誰にとっても必然のことで当たり前のことであり、生きていることこそが奇跡なんだと思った。悲しくて涙を流しながら、楽しかったことを話せるという、この相反することができるのだと思った。私はM先生と話す度、涙を流しながら笑っていた。

この頃からオレは、私が病室から帰るときに、決まって手を差し出すようになった。握手をするのだ。ただ黙って握手をする。オレが笑う。数秒のデートだ。

私はオレと結婚するときにいつも言っていたことがある。若い頃からの夢だ。だんだんとお互いに年をとって、おじいさん、おばあさんになって、それでも二人で仲良く出かけて、そんなときは手をつないで出かけようね、と。昔、台所用洗剤のテレビコマーシャルで、老夫婦が仲良く手をつないでスキップするかのように歩いている場面が流れていた。何て楽しそうなんだろう。それを見たとき、私もきっとそんな老夫婦になりたいと、ずっと思ってきた。オレとあんなふうに一緒に老いていくことはできないかもしれない。でもここでこうして毎日、手をつないでいられる。私の夢は叶ったと思った。

転院して一カ月が過ぎた頃、多分、オレはもう痛みの限界に来ていたのだろうと思う。薬での調整はどんどん難しくなり、時折刺すような痛みにも襲われ、どんどん薬の量も増えていった。痛がるオレの背中をさすりながら、私のこの手に絶大なる力があればいいのにと、何もできない自分の手を嘆いた。

もう随分前から、痛みの調整が難しくなったら鎮静の点滴をする話はM先生から聞いていて、その書類にもサインをしていた。そして、それは意識が薄れ眠った状態になり、同時に残された時間が少なくなるということだった。オレもそれはわかっていた。痛みが限界に近づいていても、オレは最後までその点滴を拒否していた。そのかたくなさには、希望と絶望が入り乱れ、見ているのさえ辛かった。

私が病室にお泊まりしていた夜、M先生が訪ねてきてくださった。部屋のドアを静かに開けた先生はいつもの笑顔だ。

この日は三人でゆっくりと静かに話した。先生がふとオレに尋ねた。

「今までで、一番楽しかったことは何ですか」

私はきっと、結婚して行った初めてのあの旅行だろうな、いや、あの山登りかなと思いを巡らせていたら、オレは思いがけない返事をした。

「二人で中古の家探しをして、いろんなところを見て回っているときかな。そして購入後、自分の手でいろいろ手直しをしたりデッキをつくったり、だんだんと自分の家になっていったときかなあ」

「あれ、全然予想と違うよ」と言う私の言葉に笑いが起きた。

「奥さんは？」と聞かれて、私は真冬の王ヶ頭ホテルに行ったときだと答えたら、オレが懐かしそうに笑ったような気がした。手術後、オレは、横になるときにはいつも左側を下にしないと苦しくて、このときも、私には背中を見せて寝ていたのだった。

王ヶ頭ホテルは、松本市の美ヶ原高原の山頂に建っている雲上の一軒宿と呼ばれているところだ。自然保護区域に指定されていて、マイカーでは行くことができない。私たちが行った冬季は交通規制もかかっていて、自家用車は指定の場所に止めて、そこからは宿からのお迎えのバスに乗って向かうことになる。マイクロバスに揺られながら、山の頂上へと向かっていく。

途中、ふと車の窓から外を見ると、野生の鹿たちが見えた。何頭かが、じっと静止したまま、こちらを向いている。鹿というのは本当に沈黙の顔が上手だ。一ミリも動かず端正な顔と涼しげな瞳で「何か?」とでもいうように、こっちを見つめている。ただ、その微妙な角度が、やっぱり奈良公園の人間に慣れた鹿の表情とは少し違うようにも見える。

「やっぱり野生の鹿は違うなあ」と、二人でわかったような会話をしながら、バスに揺られた。

三十分くらい揺られただろうか。到着したその光景は今でも忘れられない。ただただ一面雪景色なのだ。こんなに白い世界があるのかと思うくらい真っ白だ。嬉しくなった私たちは、宿の周りのまだ誰も足を踏み入れていない雪面を歩く。一メートルくらいは雪が積もっている。一歩進む度に、ごぼごぼと足が見えなくなる。それをまた引っこ抜いて、オレが新雪の上に次の一歩を描いていく。私がそのオレのつけた足跡の窪みに重ねて自分の足跡をつけていく。ちょっとした探険家にでもなった気分だった。

そのとき思った。こうして、オレの足跡と一緒に、自分の足跡も刻んでいこうと。オレの足跡をたどりながら、これからの自分たちの時間に思いを馳せていた。

ここの宿では、雪上車に乗せてもらえるツアーがある。オレは知らない間にちゃんと予約をしていた。何よりもオレが楽しみにしていたメインイベントのようだ。

次の日、絶好の晴天だった。朝日を浴びて、キラキラと輝く雪が風に舞っている様子は、まるで自分自身も新しく洗われているような感覚だった。

オレは準備万端の様相で雪上車の横に立っている。一瞬、宿のスタッフと見間違うようないでたちだ。そのくらいその風景に馴染んでいる。そのときのオレのピースサインの一枚の写真が今でも部屋には飾ってある。寒いのが苦手なはずなのに、顔をしかめながらも嬉しそうな上等の笑顔だ。

一面の白の中に、オレンジ色の雪上車が待機している。定員いっぱいの人を乗せて出発した。ががあと音を立てながら、道の位置さえわからない道を進んでいく。オレは上機嫌だった。本当なら、幼児のように靴を脱いでイスに上り、窓の外を見たいのかもと思うほど嬉しそうだった。一瞬、この旅行が終わったら、雪上車が欲しいなんて無謀なことを言い出さないかなと思って、ひとりで笑ってしまった。

美しの塔まで到着して、そこで少しの時間自由行動となる。私たちは、もっぱら雪上車の前で写真撮影だ。まるで自分のものであるかのように、当然にオレは雪上車に手を添えている。その姿にまた笑ってしまう。ただ余りの寒さに、そんなに長くは外にはいられない。雪合戦のまねをして動いていないと、凍える寒さだ。見渡す限りの銀世界は、世界のてっぺんにでもいるような気分だった。私にとって、そしてきっとオレにとっても最上級の時間だった。

オレの背中をさすりながら、私は家探しの日々を思い出していた。毎週、毎週、ネットで不動産情報を探し、オレは自力でその場所を探し当て、業者に頼まないで二人で回っていたのだ。時々は最後まで見つからず失敗もして笑ったり、うまく探し当てたときには、誰にも気兼ねなく家の周りを見て回り、ここをこうしたら住めるなとか、オレはもう大工仕事へと思いを馳せていたのだった。何かやり出すと、オレは何でも夢中になる。そしてこのときも、数カ月、私たちの家探しはまるでレクリエーションのように楽しい行事となったのだった。

あのデッキづくりをしていたときのオレの笑い顔を思い出して、オレが私に背中を向けていて良かったと思った。背中に当てていない左手で涙をそっとふいた。

少しの間、時間が流れただろうか。オレがゆっくりしゃべり出した。

「先生、オレの今の状態はもう注射をしないと無理なのはわかっているんです。でもどうしても嫌なんです。オレは今、幸せなんです。でも鎮静の薬を入れると、今のこの幸せな気持ちとか楽しかった思い出をみんな忘れてしまうじゃないですか、わからなくなるじゃないですか、それが嫌なんです」

M先生が静かに言う。

「かっこいいですよ、本当にかっこいいですよ」

背中をさする手が震える。何の音もたてずに、涙が次から次とこぼれていった。もう泣かないと決めていたのに、涙は許してくれない。一体、人の体の中には、どれだけの涙があるのだろうか。

そしてオレは続ける。

「もう無理なことはわかっているんです。それなのに、どんどん、もっと生きたいと思うんです。どんどん生きたくなるんです」

先生がうなずく。

「私たちもそう思ってほしいです」

オレが鼻水をすする。

私はオレの背中をちゃんとさすることができない。指が震えてさすれない。痩せて骨にぶつかりそうになるオレの背中の上で、小刻みに不規則に動く自分の手をただ見ていた。

オレは、何も言えない私に、優しい、そして悲しい言葉を残していった。

その日が、オレと話せた最後の夜だった。

そして翌日、オレは鎮静の点滴をすることになった。

最期の時間

その日は朝からでき得る限りの痛み止めを使い、それでもオレの痛みは落ちつくことはなかった。

「もう打ってください」

激しい痛みの中でオレはそう告げた。そして、私に向かって言った。

「きみえちゃん、ごめんな、オレ、頭がバカになっちゃうよ」

「そんなことない、そんなことないから」

それしか言えなかった。オレが遠くへ行ってしまう。

薬はあっという間に効いてくる。オレは眠った。薬の量は、最初は最低の値から始め、もしもまだ痛そうだったらまた検討しようということで始まった。さっきまでの苦しそうな表情はなくなった。ただ眠っている。

もう話さない、笑わない。ただじっと眠っている。傍らでオレの手を触ってみる。力の抜けたその手は、私に全てを委ねている。

点滴の前にM先生が言った。

「これをすると、数時間という方もいますし、一週間頑張る方もいらっしゃいます。ただ、その時間はわかりません」

数時間経っただろうか。オレの腕が宙を動く。眉間に皺ができる。その皺を指でゆっくりゆっくりなでてみる。いっとき消えた皺はまた徐々に刻まれる。腕を大きく上げて、表情がゆがむ。まだ痛みがオレを攻撃しているのだ。そのやり場のないオレの腕を何度も何度もそっとつかまえて、クッションの上に戻す。

黙って私の傍らにいる次男に、私は返事のしようのない問いかけをする。

「痛みは取ってあげたい。でも薬の量を増やすということは、残された時間を削るということなんだよね」

次男はわずかにうなずいた。

まだ続けて聞いた。

「それを私たちが決めるということなんだよね」

次男を困らせたかもしれない。私の顔を黙って見ている。私はもう次男の顔さえ見ることができない。

薬の量を示す目盛がひとつ上がった。ひとつ上がれば、きっと何かがひとつ下がっていくのだ。もう悲しいのかどうかさえわからなくなっていった。

よく聞く話だ。人の体の中で最後まで機能しているのが聴覚だと。だからこうして鎮静の点滴をしても、耳は聞こえているし、話はわかっていると。できるだけ話し掛けてあげてくださいと、看護師さんが私の背中に手を添える。

眠っているオレが時々体を動かし、そしてうっすら目を開けるときがある。何を言ったらいいのか考える余裕もなく、ただ私は同じことを繰り返していた。

「本当に楽しかったよ、忘れないから。ちゃんと覚えているから」

ただその言葉だけをかけ続けていた。

「また会えてよかったね」

オレはその後も、数秒目を開けたかと思うと、また深い眠りへと戻っていた。もう体は悲鳴を上げているのに、まだ闘おうとするかのように、連日高熱が出た。オレの熱い手はまだ生きている証拠だった。こんなにオレの手を見つめたことがあっただろうかと、そんな場違いなことを思ったりしていた。

オレが眠り始めてから五日目の朝だった。遠くから義兄夫婦の車で駆けつけてくれた高齢のオレの母親と一緒にベッドのそばにいた。自分よりも早く逝ってしまおうとしている息子の姿に、母はどんなに悲しい思いをしていただろう。オレが言った、決して親には自分の病状を伝えるなという言葉に忠実に、私は本当の病名を告げずにいたけれども、母はそれなりにどこかで感じていたのかもしれない。私を問い質すこともせず、ただオレの傍らにずっと寄り添っていてくれた。もうオレと目を合わせることは無理なんだろうかと思っていたときだった。オレがはっきりと目を開けた。私を見た。何か話そうとしている。ただそれは言葉としては発せられない。全部の力を使って身を乗り出すかのように、上半身を起こそうとしているのがわかる。何を言えばいいのかわからない。ただただ涙でぐちゃぐちゃの私だ。

「本当に楽しかったよ、絶対忘れないからね。ずっと覚えているからね」

やっぱりそれしか言えなかった。

このときがオレと最期に交わせた時間だったのに、私の顔はこの上なく不細工だったに違いない。オレが見てくれる最後の私は、せめてもう少しきれいな笑顔なら良かったのになと後悔した。

オレが眠り始めて一週間、ちょうどその日はカークのお泊まりを予定していて、オレも楽しみにしていた日だったのに、その日、夜が明けるのを待たずに、オレは逝ってしまった。最後にふっと小さな息を吐いて。

二〇一八年三月九日。オレは星になった。

オレの最期を確認するM先生が、オレに声をかけてくれた。眠り始めたときも、臨終が近くなったときにも、先生はいつもオレに声をかけ続けてくれた。

「よく頑張りました。本当によく頑張りました」

私が悲しい顔をするから、そんなに頑張ってくれたんだよね。頑張り過ぎるぐらい頑張ってくれたんだよね。ありがとう、ありがとう、ごめんね、オレ。

臨終後、オレは看護師さんたちに、体をきれいに整えてもらった。そして私の一番好きな洋服を着せてもらった。初めて誕生日のお祝いに私がオレに贈った洋服だ。当時のオレの洋服はほとんどがグレーか、それに近い地味なものだった。私はいつか、オレには赤いシャツを着てほしいと思っていた。そして、誕生日が絶好のチャンスだと、ちょっとオシャレなお店で、赤を基調にしたチェックのシャツを買って渡したのだ。オレは、一瞬これ？と、驚いた表情だったけれども、絶対似合うからと言う私の言葉に笑いながら手を通した。私の好きな笑顔だった。そのシャツが、今は最期のシャツになっている。もうオレが自分で手を通すことのないシャツ。シャツを買った日のことを思い出していた。

二人の看護師さんが、オレの体の向きを変えシャツを着せる。コーデュロイのパンツを履かせる。ブラウンのジャケットを着せていく。もう力の入らないオレの体は、なされるがままに腕も足もあちこちの方向に倒れていく。この光景が今でも強く記憶の中に残っている。オレの足、オレの腕。これが事実なんだと、ただそう思った。オレは逝ってしまった。私の目の前で、パジャマ姿からオシャレなオレに変身していくオレは、もう今までのオレではなかった。私はその事実を受けとめなければならなかった。ただやっぱり、その受けとめ方がわからないままでいた。

病院からオレが出ていくとき、先生はもちろん看護師さんもみんなで、車のところまで一緒に行ってくれた。私の横を歩く先生は、いつもの優しい表情だ。そっと背中に手を添えて「頑張りましたね」と言葉を掛けてくれた。そしてただただ穏やかに見送ってくれた。オレを一人の人として最後まで尊厳を持って送ってくれた。

オレを乗せた黒い車は、ゆっくり、ゆっくりと発進して、そしてまだ朝焼けも見えない暗闇の中へと吸い込まれていった。

先生方への感謝の気持ちと、途方に暮れた気持ちでまた私は崩れそうになっていた。

「オレ」と私

オレと私は高校の同級生だった。だから、三十年ぶりに再会したときも、やっぱり高校時代のままの名前で呼んでいた。

「良くん」「きみえちゃん」

もう既になかなかの年齢に達しているけれども、身についた習慣は崩れない。だからどこに行ってもやっぱり「良くん」なのだ。

スーパーでオレの姿が見えなくなる。どこにいるのかなと探す。いた、いた。そして呼ぶ。「良くん!」。周りの人たちは、多分、きっと小さいかわいらしい男の子が笑顔で走り寄ってくるのだろうと想像する。

そこに、「おう!」と手を挙げて、オッサンが登場する。

男児の登場を想像した人たちの、あ、そういうことかというような反応。何も知らないオレは、満面の笑顔で歩いてくる。その姿に、私がクスッとなる。オレはいつのときも、かげりのない笑顔だった。

オレの遺影は、その笑顔の写真にしたかった。楽しかった証の写真にしたかった。だから普通の家族写真のように、二つ折れになった木製のフォトフレームに入れてもらった。

一枚は電車で少し遠出して遊びにいったときのオレ、最期に着せてもらったブラウンのジャケットを着て、川の欄干に手をかけている。ちょっとポーズをしながら笑っている、私の一番好きな笑顔の一枚だ。寒がりのオレは、ジャケットには似合わないごっつい手袋をはめているんだけれども、それでも澄まして格好をつけているオレの思いが、私を笑わせる。

そしてもう一枚は、車の前でやっぱりポーズをとっているオレだ。お気に入りのパジェロにもたれて、満足げに笑っている。このときは、二人でパジェロに乗って山をドライブしたのだ。「ラフのところを運転してもいいか」と言って、わざとガタガタのところを選んで嬉しそうに運転しているオレは子供のようだった。

オレとのお別れ会のときに、次男が黙ってこの二枚の写真をじっと見ていた。次男に聞いてみた。

「いい顔しているでしょう。この写真、持っていてくれる?」

次男は「そうだね」とうなずいた。

USBにその二枚の写真のデータを入れて次男に渡した。大事そうに鞄にしまっている姿を見て、きっとオレも喜んでいるに違いないと思った。

オレはもう、話さない、笑わない、動かない。逝ってしまったのだ。その事実の受け入れ方がわからない。

悲しさは言葉ではなく、体の奥深くのほうで何かが締めつけられるような感覚で襲ってくる。毎日の生活の中で、突然前触れもなく悲しくなるときがある。本当にいないのだということを実感するというか、いきなりの孤独感みたいなものだ。逝ってしまったことを受け入れて、私は生きていなければならない。日常がある。そんな当たり前のことが、圧倒的な怖さで向かってくる。背中から今まで感じたことのない痛い風が吹いてきているような感覚だ。

でも、きっとオレのほうがずっと無念だったのだ。残された者には、また日常を生きていかなければならない辛さはあるけれども、亡くなっていった者の悔しさや抗えない淋しさは、私が想像することさえできない絶大なものだったのだろう。そして私は、オレの人生も託されたのだと思う。いつまでも後ろを見ていることはできない。

ある時、「泣くなよ」とひと言、言ったオレの顔を思い出す。

「死ぬ」ということは、私にとって子供の頃から、ずっと底知れない恐れだった。ただただ怖いものだった。それが、こうしてオレの最期をともに生き、オレとお別れしてみると、私にとっては、もう「死」は何も怖いものではなくなっていた。

亡くなるというのは、もちろん容赦ない哀しさや淋しさを置いていくけれども、それだけではなくて、楽しかった時間も、残された者に刻んでいくものだと思った。

いいことも悪いこともいっぱいあったのに、こうしてお別れしてしまうと、ケンカしたこと、傷ついたことはどんどん無彩色になり、楽しかったことだけがどんどん濃くなっていく。やっぱり先に逝った者の勝ちだなと思った。オレ、ずるいよ。

毎日、思う、オレはもう本当にいないんだなと。幾ら待っても、何日たっても、一向に帰ってこない、そのことの確認が、いないことを実感させる。そしてまた何日家を空けても、私のことを一向に探しにこないということはやっぱりいないんだと、また実感する。

オレの笑った写真を見ながら、元気で暮らしていた頃のことをふと思い出した。私が用事で実家に帰るとき、決まってオレは言った。ちょっと笑いながら、ちょっと真剣に。

「ゆっくりしてこい。でも早く帰ってきてくれよ」

いつもそんな相反する言葉を口にするのだ。いつだって一人行動は全然平気そうな顔をしているのに、むしろ一人が好きなようにも見えるのに、本当はオレは人一倍寂しがり屋だったのかもしれない。いつでも快く送り出してくれるのに、私は一瞬後ろ髪を引かれるような気持ちになった。一緒にいられる時間が少ないことを、オレも私もどこかで感じていたのかもしれないと思ったりする。

そして思う。オレが逝ってしまってからの時間、私が乗り越えなければならなかったとんでもないこの悲しさや淋しさ、孤独感は、私が受けとめることになってよかったのかもしれない、と。私が先に逝き、オレに同じだけの思いを味わわせることにならなくてよかったのだ、と。オレの無念や淋しさは私には本当に理解することはできなかったかもしれないけれども、オレがたった一人の生活をしなくてよかったことだけは、せめてもの救いだったと思いたい。その思い込みが今の私のささやかな支えになっているのかもしれない。病気はオレが背負ったけれども、残る悲しさは全部私が引き受ける。

たった六年足らずの時間だったけれども、オレからは二つのプレゼントを貰った。一つは、何の混じりけもない、ただひたすら楽しかった時間だ。そしてもう一つは、もう一度、人を信じてみようという気持ちを持たせてくれたことだった。これから残りの人生を歩いていくときの私の宝物だ。

最初の月命日、二〇一八年四月九日、その日は朝から季節外れの雪が舞った。ふと空を見上げて思った。オレのいたずらかな。次男にラインを送った。

「寒いのきらいだったのにね」と、返信が返ってきた。

本当にそうだ。あんなに寒いのが苦手だったのに、今はもうこうしてふざけて楽しめるようになったんだなと思った。全ての痛みや苦しみから解放されたオレは、空の上から、またあのいたずらっぽい笑い顔を送っているのかもしれないと思った。遠くにいるオレと次男と三人で笑い合ったような気持ちになった。

あれからもう数カ月たったけれども、私の鞄からは、思いがけないところから今でも飴やブドウ糖が出てくる。もう使い道のなくなった飴。いつも慌ててオレの口に運んでいた飴を、今はゆっくりと袋を開けて自分の口に入れてみる。甘さが喉の奥に広がった。少しずつ溶けていく飴はオレとの時間も溶かしていく。きっと、この「はちみつ飴」は、私にとってずっと大切な、ちょっと寂しい味の飴になるだろう。

オレは、あの夜明けのさよならのとき以来、なかなか私の夢には出てきてはくれない。ある日、やっと登場したと思ったら、夢の中のオレは今でもまだパジャマ姿だった。いつかきっと、オシャレな姿でピースサインの笑顔で登場してくれるのを楽しみにしている。

オレは楽しいことが大好きだった。二人でおなかを抱えて笑ったことは数え切れない。今でも何か楽しいことや笑える出来事があると、「あ、これはすぐに話さないと。笑ってくれるかな。きっと笑うぞ」と思ってしまう。急いで帰ろうとしてしまう。そして、もう一緒に笑えないことに気づく。せめてこの話だけでも聞いてほしかったなと、叶わないことを思う。

オレが逝ってしまってから、よく空を見るようになった。よく月を見上げるようになった。オレはどこにいるんだろうか。

「私に任せろ。引き受けた」と、オレに向かって強気の発言をしてみる。オレが笑ってくれたような気がする。

「任せた、頑張れよ」と言ってほしい。

悔しいくらい枯れない涙もきっと味方にしていくから、オレがハラハラしないようにちゃんと生きていくから、と伝える。聞いているよね、オレ。オレと私の間にはとんでもなく距離があったとしても、見ていてくれるよね。

だから、オレにさようならは言わない。

「オレ」からの手紙

オレは、私に手紙を残してくれた。いつも持ち歩いていた鞄のポケットに、封をして入っていた。自分が逝った後、きっと私が鞄を整理するだろうと、そして必ず見つけるだろうと思ったのだろう。

日付は二〇一七年十月十九日。最後に入院することになった十一月にはもう書き終えていて、それをそのまま鞄の中に入れて入院していたことになる。戻ってくることがないかもしれないと思って書いたのだろう。封筒の表面にはいつものオレの字があった。「きみえちゃんへ」と。決して上手とは言えないオレの字だ。

「楽しかった！

おもしろかった！

いっぱい笑ろた！

きみえちゃんとの生活は、ホンマに楽しかった」

その言葉から始まっていた。それだけでもうみるみる目の前がかすんでいく。オレが今までで一番楽しかったと、M先生に話していた家探しのこと、温泉のこと、山登りのこと、たくさんの想い出の話が綴られていて、本当に楽しかったと。人生で一番楽しかった思い出をいっぱい持っていくことができたと。そして最後には、幾つも幾つもの「ありがとう」の言葉が並んでいた。

私はただ一緒にいただけだよ、そんなにたくさんのありがとうなんて言わなくてもいいよ。

私こそありがとう、ありがとう、オレ。

エピローグ　最後に　あとがきにかえて

オレが逝ってから、私は何度も病院の緩和病棟を訪ねた。オレが最後にいた場所にいたかった。オレがいたことを知っている人と会いたいと思った。

春らしくなってきた日差しの差し込む病棟のサンルームにいる私を見つけた看護師さんが、笑顔とそして満杯の優しさのまなざしで私に歩み寄る。そしてただ黙って私を抱き込み、ずっと背中をなでてくれた。もうここでは泣かないと思ってきたのに、ぽろぽろと熱いものがこぼれる。背中に添えられた手のひらが真綿のように温かい。泣いても許してくれる手のひらだ。またもやボコボコになりながら、ぐちゃぐちゃの笑い顔でオレのことを話す。そして看護師さんが、オレのことを幾つもの言葉で褒めあげる。

亡くなった人は大体褒められるけれども、それはあんまり褒めすぎだよと笑いながら泣く。私の体をそっと気遣いながら、オレの思いを代弁するかのように差し出される言葉。

何人もの看護師さんがやってきてくれる。オレとの時間は楽しかったと、娘のようにまだ若い看護師さんが言う。嬉しかった。オレはこんなにも受け入れられていた。

唯一の男性看護師さんも私を見つけると、ゆっくりと歩み寄る。オレも随分、お世話になった看護師さんだ。ある時、私が体調を崩したときも、「良二さんだけでなく、ご家族の方にも全力でサポートしますから、何でも言ってください」と、たくさんの力をいただいた。いつのときも、絶えず私の体調を気遣ってくださった。

「ゆっくりでいいから、少しずつ元気になれるといいね」

泣かずにおこうと下を向いたら、足元に涙がぽとっと落ちた。

M先生にも何度か会えた。何のてらいも無い様子で接してくださる。その穏やかなまっすぐな対応に何度救われたことか。そして、少しは気持ちが落ち着くかもしれませんと言って、今の私が読むと息が吸い込みやすくなれるような、肩の力がふっと解かれるような優しい色合いの冊子を手渡してくれる。

ある時は、家の近所をカークと散歩していると、一台の知らない車が横に停まった。道でも聞かれるのかと思ったら、それは病棟でお世話になった看護師さんだった。たまたま近くに来たから寄ってみたのよと、さり気ない言葉だ。道端で、私はまた涙の出動となってしまった。

こんなにたくさんの人に支えられて、私もオレも最期の時間を過ごすことができた。感謝の言葉をちゃんと伝えられただろうか。私がまた歩いていこうと思えたのも、この病院の方たちの真っすぐな気持ちのおかげだ。何度お礼を言っても足りない。

病気がわかってから、私たちは、真実を誰にも、両親はもちろん友人たちにも一切告げないでいた。オレは、親を悲しませるのは嫌だと思い、私は友人の前で泣いてしまう自分が嫌だと思った。結果、私たち二人だけの密閉された闘病生活となっていた。それは辛くもあり、それでいてどこか安心できる空間でもあった。誰かに告げると病気が真実になってしまうのではというような恐れがあったのかもしれない。でも、ぎりぎりのところで平静を保っている私のほころびを、友人たちは優しく拾い上げてくれた。遠くから駆けつけては、静かな言葉で支えてくれた。心のこもった励ましの手紙を送ってくれた。ただ黙って見ていてくれた。私たちの勝手なわがままをそのまま受け入れてくれた友人や家族に、伝えられなかった感謝を心を込めて届けたいと思う。

皆さん、私たちを見守ってくださって本当にありがとうございました。

私の、そしてオレの言いきれない感謝の言葉が皆さんに届くことを願いながら…。

最後に、この本を出版するにあたって、迷いの中にいる私に数多くの助言と勇気を与えてくださり、そしてまた編集に多大なお力をいただいた青娥書房の関根文範様には深く感謝いたします。

また、信州の花々を優しいイラストで描いてくださった高笠邦子様、その高笠様との出会いをもうけてくださった不二門雅代様、本当にありがとうございます。

二〇一九年夏のはじめに

庄司きみえ（しょうじきみえ）
奈良県出身。関西大学社会学部卒業。
船橋市在住。

短くも二人で結びきた道―「オレ」がくれたもの―

2019 年 8 月 25 日　第 1 刷発行

著　　者　庄司きみえ
発 行 者　関根文範
発 行 所　青娥書房
　　　　　東京都千代田区神田神保町 2-10-27　〒101-0051
　　　　　電話 03-3264-2023　ＦＡＸ 03-3264-2024
印刷製本　モリモト印刷

ISBN978-4-7906-0368-9　C0095
＊定価はカバーに表示してあります